Féeries et Légendes des Dragons

Texte : Patrick Jézéquel
Illustrations : Séverine Pineaux

Au Bord des Continents...
Éditions

La petite fille et le dragon

Le grondement des molosses l'avait surpris au lever du jour. Il les avait entendus gratter dans le boyau puis ramper dans l'éboulis, aiguillonnés par la voix des hommes. Alors, d'un long jet de flammes, il avait calmé leur ardeur. L'écho des hurlements, aiguisé par la douleur, s'était perdu dans le dédale des galeries. Plus tard, c'est un nuage de fumée, insidieux autant qu'inutile, qui avait envahi la vieille mine.

Vouloir enfumer un dragon…

Pourtant, la bête s'était résolue à abandonner son antre. La silhouette longiligne s'était étirée puis pas à pas s'était avancée dans l'obscurité jusqu'à la verticale d'un puits d'air.

D'un bond, le dragonnet avait surgi entre les arbres, au nez et à la barbe des chasseurs. Ses longs battements d'ailes avaient claqué comme des étendards au vent, puis il s'était élevé au-dessus de la forêt sous une pluie nourrie de jurons et de traits acérés...

Le dragonnet avait fait halte dans une clairière et repliait ses ailes. Comme les battements de son cœur s'apaisaient, le cliquetis des fines écailles sur son poitrail se faisait plus léger. Devant lui, nichée sous les racines tortueuses d'un chêne, il devinait une fontaine. Un ruisseau s'en échappait et coulait dans l'herbe verte. Il s'en approcha, pencha son long cou entre les pierres branlantes et aspira l'eau fraîche. Des gouttes de sang s'écrasèrent sur la margelle. Une flèche avait glissé sur ses écailles et transpercé l'attache d'une de ses ailes. Son haleine courte rida la surface du bassin.

Il se souvint qu'une ondine s'y baignait autrefois. Le petit peuple, en ce temps-là, courait encore les forêts.

En ce temps-là, c'était avant. Avant que ne s'allume, dans les yeux des hommes, la lueur sombre des nuits d'orage. Avant qu'ils n'enflamment les grands chênes, ne brisent le cristal des fontaines et... ne déciment les tribus.

Fées, dryades, lutins et licornes avaient payé, par le fer et le feu, leur tribut aux maîtres du nouvel ordre. Aujourd'hui, le dragon était la dernière créature de Féerie et son instinct lui criait de disparaître et de se perdre dans des confins...

Au-delà des marais, il entendit soudain la rumeur des trompes et des aboiements. Il devait fuir à nouveau, mais, alors qu'il s'apprêtait à prendre son envol, une douleur vive traversa son flanc.

Son aile blessée pendait le long de sa cuirasse d'écailles.

Le dragonnet s'était glissé derrière le rideau de feuilles d'un grand saule. Le dard empoisonné lui avait ôté toute force. Maintenant, il attendait les chiens, les hommes, les piques et les épieux. Il entendait dans la plaine la clameur monter, bientôt la clairière tremblerait.

Pourtant, c'est de l'autre côté qu'il tourna brusquement son regard. Il venait d'entendre une mélodie. À quelques pas de la fontaine, une petite créature avançait en dansant entre des touffes de bruyère. Sa longue tunique rouge scintillait au soleil et la lanière de cuir qui entourait son front retenait de longs cheveux noirs. Elle ne semblait guère plus haute que la hotte en osier qu'elle portait sur le dos.

Le cliquetis d'écailles qui avait accompagné le mouvement du dragonnet avait éveillé la curiosité d'Elvira, c'est ainsi qu'on la nommait. Elle s'approcha du grand saule en chantonnant.

Son cœur était léger et comme une fée, elle semblait glisser sur l'herbe. Lorsqu'elle écarta les branchages, le son de sa voix s'éteignit brusquement. Les yeux du dragonnet qui luisaient dans la pénombre la regardaient avec tristesse. Son aile froissée de plis et de replis s'étalait sur le sol. La fillette pénétra sous le grand dôme formé par les feuillages, s'accroupit devant la bête puis approcha son visage bruni par le soleil en lui murmurant à l'oreille sa mélodie.

Elvira découvrit la flèche plantée dans le corps du jeune dragon. Elle n'était pas Fée, elle n'en possédait pas la magie, mais elle avait appris des femmes de sa tribu le secret des

Le grondement des molosses l'avait surpris au lever du jour.

plantes. Alors, elle sortit d'une pochette qui pendait à son cou un petit sachet en lin. Elle en dénoua le lien puis l'agita au-dessus de la blessure. Une poudre couleur d'or voltigea dans l'air et se déposa comme de la poussière d'étoiles sur la plaie. Alors seulement, d'un geste précis, elle tira sur la longue tige de bois et l'arracha d'un coup sec. Le jeune dragon tressaillit et poussa un gémissement étouffé. Une flaque de sang avait rougi les mains de la fillette. À nouveau, elle saupoudra la plaie, la recouvrit d'herbes fraîches puis courut à la fontaine recueillir une poignée d'argile qu'elle étala à pleine couche sur le pansement. Elle caressa alors longuement le poitrail du dragonnet, là où ses écailles naissantes n'avaient pas encore recouvert le duvet de sa peau, et elle se blottit contre lui. Elvira s'endormit. Dans son sommeil elle entendit des cris. Des cris d'hommes grimaçants comme les démons en pierre sculptés sur les murs des églises. Ces hommes, elle et son peuple les connaissaient. Ils lançaient des quolibets à leur passage et les chassaient des villages en jetant des pierres sur leurs roulottes. Elle se réveilla en sursaut. D'une main elle balaya la mèche qui traversait son visage. Son front était mouillé par la sueur.

Elle ravala son trouble et regarda longuement le jeune dragon. Elle avait compris qu'ils étaient pareils l'un et l'autre.

L'onguent avait apaisé le dragonnet, sa respiration était lente et ses paupières closes. Elvira le veilla jusqu'au petit matin puis elle s'endormit. Quand la lumière tamisée du soleil éclaira l'abri de feuillages et qu'elle s'éveilla, le dragon avait disparu. Elvira fut un peu triste, mais elle savait au fond d'elle-même qu'il s'était envolé vers des forêts enchantées. Alors elle glissa sa grande hotte sur ses petites épaules et partit en dansant parmi la bruyère.

On raconte que le sang du dragon qui s'était répandu sur les mains d'Elvira lui avait donné la faculté de comprendre

le langage des oiseaux. On dit aussi qu'elle et son peuple voyagèrent leur vie durant à la recherche d'une forêt enchantée.

Aujourd'hui encore, il y a au bord des chemins des petites filles au visage bruni par le soleil qui dansent parmi la bruyère en écoutant les oiseaux...

Beowulf

Portée par une brise légère, la créature semble glisser dans l'air comme une nef sur l'océan. Ses battements d'ailes économes maintiennent sa longue carcasse au bon cap et à la bonne altitude. Au loin, par delà l'horizon, les derniers rayons de soleil embrasent ses écailles.

Plusieurs lunaisons ont passé depuis que le jeune dragon a quitté les sommets embrumés où il a vu le jour. C'est ainsi. À son tour il lui faut, comme chaque dragon des montagnes, conquérir un territoire afin de s'y établir, pour un jour, y procréer et assurer la survivance de sa lignée et de sa race.

Ses longues ailes l'ont d'abord porté vers le sud, là où s'étendent des contrées riches et giboyeuses. Chacune de ses incursions en ces terres inconnues fut propice à de terribles combats qui l'opposèrent à des cracheurs de feu protégeant farouchement leur territoire. Son abdomen noirci et creusé de profondes déchirures en porte encore la trace cuisante.

Aujourd'hui, les vents l'accompagnent vers les terres du Nord, le Septentrion, là où vivent les nains et les géants. D'un regard circulaire, il embrasse le dénuement des solitudes qu'il traverse. Ces terres, il a décidé de les faire siennes, mais il lui faut trouver un gîte.

Une tanière.

Les vents qui ont viré noroît l'oblige à forcer le battement de ses ailes afin d'assurer son allure. Des effluves inconnus lui parviennent. Devant, les rayons du soleil couchant s'étalent sur un grand miroir aux reflets mouvants, une masse d'eau prodigieuse comme jamais il n'en a vu. Elle s'étend jusqu'aux confins des mondes où l'on dit qu'elle bouillonne en cascade dans le plus terrifiant des abîmes.
D'un coup de rein nerveux, son corps se cambre. Il prend de l'altitude. Ses pupilles rougies par la longue course se rétractent. Il fouille désespérément le paysage noyé dans le clair-obscur de la nuit qui s'annonce.

Au loin, une forme se dessine. Massive. Une formidable forteresse minérale dressée sur la falaise. Quelques coups d'ailes appuyés et bientôt le dragon se pose sur un rocher en surplomb du rivage. Un bruissement soyeux. La bête a replié ses ailes. Lentement, pas à pas, elle gravit le dédale des blocs cyclopéens. Avec prudence, elle glisse son long cou dans chaque anfractuosité. Maintenant, l'obscurité est totale. Le dragon se fige. Il vient de percevoir des effluves qui lui sont familiers. À quelques pas, un buisson d'épineux s'accroche à la roche. Il s'en approche, l'arrache d'un coup de gueule, et s'engouffre dans la cavité béante qui s'ouvre devant lui.

Son corps peine à pénétrer. Le boyau est trop étroit, mais l'effluve de plus en plus puissant l'enivre. Il s'étire, s'y faufile comme un serpent dont on aurait coupé la tête. Son abdomen bardé d'épines et d'écailles anguleuses racle la roche. Au détour d'une saillie, le passage s'élargit enfin. Le dragon se redresse et se fige.

Une clarté, douce et ambrée, baigne la voûte et les parois d'une vaste salle. Au centre, comme un lit de braises scintillant d'or et de feu, s'amoncellent des monnaies, des bijoux rutilants, des épées ensorcelées, des brassards et des armures finement ouvragés...

Le plus fabuleux trésor que la terre ait porté.

Trois cents hivers se sont écoulés sans que nul ne vienne troubler la quiétude du dragon. De ce trésor fabuleux dont la mémoire des hommes a perdu le souvenir, il est devenu le gardien. Un lien indéfectible les unit maintenant l'un à l'autre.

Un sombre matin d'automne, des sonneries de cor retentissent sur la plaine. Un homme ivre de terreur court à perdre haleine. Il est pourchassé par une horde de cavaliers. Derrière lui, les glapissements enroués des chiens, devant, la rumeur insistante des déferlantes qui s'écrasent sur la grève et qui lui interdisent toute échappatoire. La pluie tombe sans discontinuer depuis le matin et ralentit sa course. Il titube, pose un genou à terre. Il songe au sort terrible que lui réservera son maître, pour le punir d'avoir subtilisé quelques piécettes d'or bientôt converties en tonnelets de bière fraîche et gouleyante.

À la faveur d'une accalmie, le rideau de pluie se lève et dévoile le paysage. À quelques enjambées, comme miraculeusement surgi des profondeurs de la terre, se dresse un amoncellement de roches noires et luisantes. Alors, dans un dernier sursaut, il se lance dans une course folle vers sa dernière chance de salut.

Le fugitif se terre, niché dans une profonde cavité. Les battements de son cœur se sont apaisés. De la surface, il ne perçoit plus aucun son. Les voix belliqueuses et les aboiements sauvages se sont tus. Une chaleur apaisante l'envahit. Il s'endort. Son corps glisse lentement dans l'obscurité.

Comme un ver dans l'estomac d'un géant, il s'enfonce dans les profondeurs, vers le centre de la Terre, là où s'épanouit l'arbre que vénèrent ceux de sa race, Yggdrasill, l'arbre du Monde, le destrier d'Odin.

L'homme s'éveille, hébété. Son sommeil fut agité. Il est saisi par l'étrangeté du lieu où il repose. Cette grotte baignée d'une clarté irréelle est-elle le somptueux décor d'un rêve

Le gardien de trésor : chacune de ces piécette ou de ces pierres précieuses est une partie de lui-même.

qu'il peinerait à quitter ? Et ce souffle chaud et régulier qui soulève sa longue chevelure et fait frémir sa cape ?

Il se lève, s'avance dans la grotte. Il la devine haute et étendue. L'écho feutré d'un cliquetis métallique accompagne ses pas. Ces yeux s'accoutument à la luminosité. Lentement le voile se lève. Il découvre alors ce que sa raison se refuse à admettre.

Un trésor s'amoncelle dans la salle souterraine, un monceau d'or, de pierreries et d'objets précieux sur lequel repose... un dragon endormi !
Son cœur cogne sa poitrine. Il sait le sort que réservent ces créatures aux visiteurs importuns. L'idée d'être réduit en un tas de cendre le terrorise. Alors, lentement, comme un funambule sur un fil, il revient sur ses pas.

Comme il s'apprête à quitter la grotte, il se retourne et contemple une dernière fois le fabuleux trésor. Son visage enfiévré par l'envie a la blancheur de la cire. Ses mains tremblent. Un calice en or serti de pierres précieuses repose à ses pieds.

Il s'en empare et disparaît.

Cette odeur insipide qui s'insinue et flétrit le délicat parfum de l'or et du vermeil. Ces piles de monnaies éboulées et dispersées sur le sol... Un tremblement parcourt l'échine du dragon. Il vient de s'éveiller. Le regard suspicieux, il interroge la moindre toise de son trésor, détaillant un à un chacun des monticules.

Chacune de ces piécettes ou de ces pierres précieuses est une partie de lui-même. Qu'une seule vienne à manquer... Soudain, ses deux pupilles se figent. Fébriles, elles pointent l'extrémité de la salle, là où s'ouvre le boyau.

Il sait.
Il sait qu'un humain s'est introduit dans sa tanière
pendant son sommeil.
Il sait qu'il a subtilisé la plus belle pièce de son trésor.
Il sait qu'il doit se mettre en marche pour retrouver
le précieux calice et infliger au maraudeur
le châtiment qu'il mérite.
La mort.

Le temps a passé depuis le jour où le jeune dragon a pris possession de la contrée. Des hommes venus du large ont abordé les côtes. Ils se sont répandus par petits groupes vers l'intérieur des terres.

Les étendues désertes, où il chassait élans et chevreuils, se sont couvertes d'une mosaïque de champs enclos de murets de pierres sèches où croissent les hautes tiges d'une herbe blonde surmontée d'épis d'or.

L'ombre du chasseur glisse sur la plaine. Son regard acéré traque la piste du fuyard. L'homme reste introuvable. Il s'est fondu dans la masse grouillante de ses semblables.

La rage qui l'animait a laissé place à une fureur sauvage. Dans le lointain, des colonnes de fumée montent au-dessus des villages. L'un après l'autre, il les a noyés sous un déluge de flammes. Hommes, femmes, récoltes, bétail, il a anéanti toute forme de vie. Seuls quelques survivants hagards errent sur les chemins, fuyant les turpitudes de la bête.

Un silence de plomb pèse sur la grande salle du conseil. Beowulf, le roi des Saxons, a réuni dans son palais tous les chefs de clans. Les massacres perpétrés dans les contrées du Nord lui ont été rapportés par quelques guerriers à demi morts ayant dû fuir devant le monstre.

Assis, sur un trône ciselé d'or et d'ivoire entrelacés, le vieux roi songe. Il songe à tous les combats qu'il a menés au fil de son existence, à la clémence des dieux qui lui a permis d'en réchapper si souvent, et aujourd'hui, il se sent las. Les craquements d'une flambée le tirent de sa rêverie. Il se lève. Une rumeur sourde enfle dans l'assemblée. Tous ces hommes farouches au corps couturé et rompus à la guerre tremblent devant la créature maléfique.
Sans un mot, Beowulf quitte la salle du conseil. Il a pris sa décision. Malgré sa lassitude à combattre, il affrontera

le dragon. Entouré des plus habiles guerriers de sa garde personnelle, il se rend chez le forgeron du palais et lui ordonne d'assembler un bouclier en fer. Le maître des forges pâlit. Il sait qu'un tel bouclier, qui devra être haut et large afin de protéger son maître, deviendra lourd et difficile à manier au combat.

Devant son regard incrédule, Beowulf s'emporte :
– Et comment crois-tu qu'il me soit possible de résister à l'haleine enflammée d'un cracheur de feu, bougre de tête d'enclume ?

Alors, il se saisit de son propre bouclier fait d'un assemblage de planches de tilleul et le jette dans le fourneau tapissé de braises incandescentes. Il s'embrase comme un fétu de paille.

Les croassements sinistres des corbeaux se perdent dans le ciel délavé. Beowulf chevauche, suivi par ses guerriers. Ils remontent depuis plusieurs jours vers le nord. Une seule pensée les anime : débusquer la bête jusque dans sa tanière. Les villages que la troupe traverse ne sont plus que cendres et braises fumantes. Des corps noircis et tordus par la flamme s'alignent en colonnes tout au long des routes.

Soudain, au détour d'un sous-bois, un être hirsute et dépenaillé comme un troll des montagnes jaillit sur le chemin. Il lance des cris aigus et court comme un dément.

– Ce pauvre hère a perdu la raison. Qu'on l'accueille et qu'il se restaure, ordonne le vieux roi compatissant.

L'homme est en état de stupeur. Il ne cesse de scruter le ciel. Enfin, il s'apaise et, tremblant comme une biche, se jette sur les victuailles qui lui sont offertes. C'est alors que, glissant de sous sa cape, un objet roule sur le sol. Beowulf et ses guerriers font cercle autour d'une coupe divinement ouvragée.

– Comment cette merveille a-t-elle pu entrer en possession d'un pareil misérable ? s'exclame Beowulf en saisissant la coupe.

L'homme est interrogé sans ménagement. Terrifié, il ânonne le récit des épreuves qu'il vient d'affronter sans omettre le lieu où se trouve l'antre du dragon.

Une grotte au bord de l'océan.

Beowulf et ses compagnons bivouaquent sur le rivage. Le vieux roi médite, les yeux noyés dans l'horizon brumeux. Ses pensées vont à son peuple, à la malédiction qui l'a frappé et au combat qu'il va devoir mener.

Il se saisit de son épée. Forgée par les géants, elle est si lourde que lui seul peut la manier dans la bataille. C'est elle qui jadis trancha la tête de Grendel, la triste sorcière mangeuse d'hommes.

Un mauvais pressentiment l'assaille. Alors, comme pour fuir ce songe funeste, il se lève et, dressé sur une roche, rassemble ses hommes.
– Vous tous, mes guerriers, vous resterez ici. Ce combat n'est pas le vôtre. C'est mon combat et je le livrerai seul. Vous attendrez que retentisse mon cor. Sa sonnerie victorieuse vous annoncera le trépas de la bête.

Les guerriers restent silencieux. Les regards sont graves. Ils savent l'épreuve que devra affronter leur chef.
– Je délivrerai le royaume de cette créature et m'emparerai de son trésor, ou bien je mourrai !
La troupe s'enflamme enfin. Et de retentir le fracas des longues épées et des haches s'entrechoquant sur les boucliers.

Beowulf gravit d'un pas lent le chaos rocheux qui mène à la grotte. Un ruisseau coule du trou obscur qui en marque l'entrée. L'eau bouillonnante ruisselle entre les rochers. Bientôt une vive chaleur l'accable. Un souffle d'air âcre irrite ses poumons. Il peine à respirer.

Alors, campé farouchement sur ses deux jambes, pareil à l'ours dont il porte le nom, il saisit son épée, et à son tour martèle en cadence son lourd bouclier de fer en hurlant.

La gueule du dragon, fumante et vomissante, apparaît aussitôt à l'entrée du repaire. Son long corps écailleux glisse entre les rochers et se dresse, menaçant.

La bête et le guerrier s'observent. Brusquement, d'un coup d'ailes nerveux, le dragon bondit et fond sur Beowulf.

Le vieux roi impassible soulève son épée et assène un terrible coup sur le sommet du crâne de son assaillant. Estourbi, le dragon roule sur le côté dans un fracas d'os et d'écailles brisés. Stupéfaite, la bête redresse sa lourde carcasse et demeure quelques instants étourdie. Puis, d'un mouvement ample et puissant, elle se dresse sur ses pattes arrière et crache un long jet de flammes. Le vieux guerrier disparaît dans un nuage ardent. Il titube, peine à soutenir son bouclier écarlate. Sa cuirasse tordue par la chaleur enfonce sa poitrine. Il pose un genou à terre.

long corps du dragon
isse entre les rochers,
naçant.

Sur le rivage, les guerriers assistent terrifiés à la fureur du combat. Bientôt, fuyant les nuages de vapeurs brûlantes qui les recouvrent, ils chevauchent vers un lointain sous-bois. Wiglaf, le plus jeune et le plus brave d'entre eux, tente de les retenir. En vain. Maudissant ses compagnons, il saisit ses armes et rejoint le vieux roi.

Le corps de Beowulf rougeoie comme de la braise ardente. Il fait face au dragon. Wiglaf le supplie d'abandonner ce combat dont il pressent l'issue fatale.

Alors, dans un geste de défi, le vieux guerrier brandit son épée vers la bête.
– Soit, puisque c'est ainsi, nous périrons ensemble, ou côte à côte nous vaincrons ! s'emporte le jeune guerrier en faisant à son tour tournoyer sa lame.

Un déluge de liquides enflammés s'abat aussitôt sur les deux hommes. Le bouclier de Wiglaf s'embrase. Il trouve refuge auprès du roi, lequel, couvert de boursouflures écarlates, hurle comme un fauve blessé et bondit sur la bête. Son épée tournoie dans les airs et fend la cuirasse d'écailles. La lame rougie par le sang se brise et disparaît dans une nuée de poussières scintillantes.

La gueule écumante, le dragon déploie ses ailes et s'envole. Beowulf triomphe. Il abaisse le bouclier de fer qu'il peine à soutenir et s'apprête à saisir sa corne. À cet instant, un cri d'effroi jaillit de la bouche de Wiglaf. Un sifflement strident dans l'air. Une ombre sur le sol. Un hurlement inhumain.

La bête a happé Beowulf. Elle le serre entre ses crocs vénéneux. Enfin, elle laisse tomber sa proie. Le sang du roi saxon s'épanche sur le sol. Un craillement rauque et sinistre jaillit de la gueule béante. Le lourd bouclier de fer gît sur la lande fumante. L'épée, forgée par des géants, celle que seul Beowulf pouvait manier dans la bataille, n'est plus que poussière.

Venue de la mer, une brume laiteuse s'épand sur la lande. Une ombre glisse, silencieuse. Le corps noir de suie et les yeux flamboyants, Wiglaf s'approche du promontoire où se tient le dragon. Il arme son bras et d'un geste précis lance un javelot dans la plaie béante que la bête porte à son poitrail.

Il y pénètre profondément et lui transperce le cœur.

Beowulf gît sur la lande. Les brûlures qui rongent ses chairs et le venin qui roule dans ses veines l'ont tourmenté toute la nuit. Le dragon a hanté son esprit. Cent fois il l'a vu bondir. Cent fois il a basculé dans des abysses embrasés, peuplés de nains grimaçants. Enfin, il s'est vu triomphant, armé de son coutelas, tailler et débiter la bête, puis, le jour s'est levé. Enfin.

Le roi est dressé sur sa couche. Il contemple, fiévreux, les monceaux d'or et d'objets précieux que Wiglaf et ses compagnons ont déposés à ses pieds.

Il sait qu'il va mourir. Il a fait venir le jeune guerrier. Il souhaite lui faire entendre ses dernières paroles.
– Tu es, de tous mes guerriers, lui dit-il, le plus courageux et le plus sage. La destinée du royaume des Goths t'appartient. Prends cette cuirasse. Qu'elle te protège dans les combats qu'il te faudra mener.

Les forces du vieux roi déclinent. Son visage est noyé par la sueur. Sa voix faiblit.
– Là où le cracheur de feu est tombé, sur la falaise, élève un cairn. Un cairn si haut que tous les équipages qui vogueront sur l'océan pourront le découvrir. Vous le nommerez Barrow Beowulf en souvenir de moi. Puis dans un dernier souffle : C'est là que je dois reposer.

Les guerriers exécutent les dernières volontés de Beowulf. Ils immolent son corps sur un grand bûcher puis déposent ses cendres sous un tumulus de pierres face à l'océan.

La légende rapporte que le fabuleux trésor repose avec Beowulf au cœur du tumulus. Quant au dragon, sa dépouille aurait été jetée du haut de la falaise.

On se plaît à rêver que Wiglaf l'ait déposée dans l'épaisseur des pierres du cairn, afin que, par delà la mort, se perpétue la tradition des grands dragons, celle des cracheurs de feu et des gardiens de trésors...

Le Dragon repoussant

Il était une fois, dans les confins d'une île qui, un jour, deviendrait l'Angleterre, un petit royaume oublié. Ce royaume avait un souverain nommé Harold que la mort de son épouse avait rendu très malheureux. Depuis ce jour, le roi errait dans sa forteresse, égaré dans un glacial et interminable hiver. Son fils, Childe, s'en était allé courir les mers lointaines. Énora, la jeune princesse, était restée à ses côtés.

Rien ne devait changer dans ce royaume assoupi où le temps semblait suspendu.

Et pourtant, un jour…

C'était l'automne. Un sombre après-midi d'automne. Le roi galopait sur la lande en quête de gibier. Comme cette campagne couverte d'un linceul argenté, son âme était figée.

Alors qu'il passait à l'orée des grands bois, là où la fougère et l'ajonc disparaissaient sous la futaie, un mouvement fugace captiva le cavalier. Deux grosses billes de feu rougeoyaient dans la pénombre et semblaient l'observer. Une ombre s'avança, quitta furtivement le couvert des feuillages puis se campa comme par défi à un jet de flèche d'Harold.
– La « Bête Noire », pensa-t-il aussitôt. Le plus monstrueux sanglier que la terre ait porté !

La vue du vieux solitaire au pelage noir de suie éveilla une ardeur trop longtemps contenue. Il saisit l'épieu qui pendait à son côté, éperonna sa monture et chargea l'animal. Le sanglier détala, entraînant son poursuivant, à travers ronciers et ravines.

L'homme avait perdu la trace de l'animal, mais il le savait, il allait réapparaître, arrogant, les quatre pattes fichées dans le sol, la hure béante dressée vers le ciel. Alors, rompu, il s'affaissa sur l'encolure fumante de sa monture et se posta à l'affût, en lisière d'une clairière, prêt à fondre sur sa proie.

Comme attendu, une silhouette estompée apparut bientôt. Le vieux mâle s'abreuvait à une mare baignée par la brume.

Le sang du chasseur ne fit qu'un tour, rugissant sa hargne et sa colère, il força sa monture et jaillit, prêt à empaler la bête. Pourtant, la bête ne broncha pas. Ses gros calots incandescents fixèrent le cavalier. Lancé maintenant au grand galop, Harold avait saisi son arme et la tenait fermement à bout de bras, et alors qu'il parvenait à quelques pas de sa proie, à l'instant même où il allait frapper, une fulgurante bourrasque le désarçonna et le jeta au bas de sa monture.

Quand le roi reprit conscience, il reposait sur une litière d'herbe fraîche dans une misérable cahute faite de bois et de chaume. Sa tête endolorie était bandée. Hébété, il perçut, dans le demi-jour, une présence. Une ombre glissa vers lui, un bol fumant à la main. L'image se précisa. De longues boucles brunes tombaient en cascade autour d'un visage inconnu.
– Par Dieu, articula faiblement le monarque, serais-je donc déjà en compagnie d'un ange ?

Un froissement de tissu. La femme s'assit à ses côtés et se pencha au-dessus de lui.

Le feu de genêts qui pétillait dans la pénombre diffusait une chaleur apaisante. Des brassées d'herbes odorantes pendaient au plafond. L'homme s'endormit.

La femme caressa alors le visage enfiévré. Au fond de ses yeux, deux fines lueurs soudainement attisées rougeoyèrent dans la pénombre. Deux lueurs couleur rubis, dont l'éclat vacillant emplit ses orbites puis, brusquement, les embrasa...

De longs mois passèrent. Un beau jour de printemps, Harold revint au château. L'inquiétude puis le désespoir que sa disparition avait suscités laissèrent place à l'incrédulité puis à la joie. Il se montra peu bavard sur sa disparition et encore moins sur sa longue absence, mais à n'en point douter, l'homme avait changé. Son corps accablé par le chagrin et le désespoir avait retrouvé sa prestance d'antan, son rire puissant retentissait à nouveau, et bientôt, mais cela, c'était encore son secret, il ferait part à ses proches d'un incroyable projet...

Les hérauts battaient la campagne, la nouvelle était d'importance, on célébrait aujourd'hui les épousailles du roi !
Sous un chaud soleil de printemps, le château était pavoisé. Les oriflammes et les bannières claquaient sur les remparts. Le donjon était décoré de lourdes étoffes aux velours brodés d'or et la cloche du beffroi carillonnait à la volée. Plus bas, dans les prairies où des tréteaux avaient été dressés, les villageois se répandaient en sarabande au son des vielles et des cornemuses.

Au loin, un nuage de poussière s'éleva dans le ciel bleu. Un long cortège de cuirasses scintillantes galopait sur la lande.

Harold, accompagné de sa suite, s'avança vers la grande esplanade. Enfin, l'escorte apparut. Un à un, les cavaliers alignèrent leurs chevaux sur deux rangs. La foule curieuse s'était amassée. Puis, quand le cliquetis des armes et des harnois cessa, une litière, menée par deux juments au pelage noir, remonta la haie de chevaliers et s'immobilisa devant le château.

Une main apparut, traversant les voilages. Une main blanche et délicate comme de la porcelaine. Chacun de ses longs doigts était paré d'anneaux et de bagues ornées de pierres multicolores. Le roi s'approcha. Il saisit cette main et écarta lentement les voilages. Avec la grâce nonchalante d'une panthère, une femme se glissa hors du palanquin. La brise souleva en tourbillon les soieries qui couvraient sa longue silhouette. Derrière sa chevelure d'ébène, on devinait son visage. Un visage blême, d'une blancheur de cire, où deux traits cernés de cendre soulignaient des petits yeux que la lumière du jour semblait meurtrir.

Une sourde rumeur se répandit dans la foule. Une rumeur où se mêlaient émerveillement et stupeur.

Quelques matrones se signèrent.
Çà et là, on chuchota :
– Fille des bois, Égyptienne...

Ailleurs, on murmura :
– Fée, créature…
Et enfin, le mot fut lancé. Il rebondit de bouche en bouche :
– SORCIÈRE !

Sourd aux protestations de ses sujets, le roi s'inclina puis posa un genou à terre. À cet instant, c'était un cœur de jouvenceau qui battait dans la poitrine du vieux guerrier. L'émotion l'étreignait, il balbutiait :
– Magda, vous voilà enfin… Bienvenue en votre royaume.

Mais la rumeur enflait. Comme le roulement lointain d'un orage attendu, la foule grondait.
Impassible, froide comme un bloc de marbre, Magda saisit les mains du monarque, l'invita à se redresser, puis, lentement, tourna son visage vers la cohue des villageois, et grimaça un sourire.

La grande salle du château résonnait des éclats de la fête.

S'accompagnant d'une vielle et d'un tambourin, deux ménestrels juchés sur des tonneaux jouaient des airs joyeux. Au centre de la pièce, dans un espace jonché de paille fraîche et de pétales de roses, une troupe de baladins cabriolaient pendant qu'une nuée de jeunes filles virevoltantes apprêtaient une longue table où la noblesse du royaume était réunie.

D'un côté, les gentilshommes ripaillaient. Des breuvages disposés sur les plateaux exhalaient des parfums de cannelle et de gingembre. Le sang montait aux joues. Les conversations s'enflammaient. Rôtis, ragoûts et pâtés se succédaient tour à tour. Les boutonnières s'étiraient et le cuir des sous-ventrières ployait sous la pression des estomacs repus.
Devant la grande cheminée, les Dames chuchotaient, plus attentives à observer la table royale que le contenu des plats qui défilaient devant elles.

Magda et Harold trônaient, entourés du premier ban des seigneurs du royaume. Énora, pour l'occasion demoiselle d'honneur de la reine, était assise à ses côtés. Cette union inattendue l'avait surprise. Toutefois, Magda semblait avoir redonné à son père le plaisir de la vie. Et même si cela ravivait, au plus profond de son cœur, un souvenir douloureux, elle s'en réjouissait.

Mais pour l'heure, le temps était aux rires et aux réjouissances. Un jeune seigneur se leva. D'un ample mouvement de bras, il apaisa le brouhaha, s'empara d'une coupe, et la dressa comme un gladiateur saluant l'arène.
– Mes amis, buvons ! Buvons à Harold notre bien-aimé roi et à Magda, notre nouvelle reine !

L'assemblée se leva en brandissant cornes et hanaps et rugit d'enthousiasme :

– Longue vie ! Longue vie à eux deux !

Le tohu-bohu monta. Forçant la voix, le chevalier s'adressa de nouveau aux convives :
– Je salue la plus belle Dame des royaumes du Nord. Sa beauté n'a d'égale que sa grâce et sa noblesse !

Des grognements enthousiastes et des battements de mains accompagnèrent cette déclaration. Tous les regards se tournèrent vers Magda. Ses pommettes rosirent de plaisir et son visage s'éclaira enfin.

Mais, à la surprise générale, le jeune homme exécuta une volte rapide et dans le tumulte s'inclina devant Énora.

Les convives marquèrent un temps, décontenancés, puis applaudirent de plus belle en martelant à tue-tête le nom de leur princesse.

Le visage de Magda prit l'apparence d'un fruit trop mûr. Un sifflement rageur perça au travers de ses lèvres.

La silhouette du château se diluait dans la nuit.

Au pied de la falaise, le raclement des galets, roulés par la marée, s'élevait, lugubre et monotone. Puis, plus un son, plus un mouvement. Un voile sombre s'étendit sur la citadelle.

Pourtant…

Des pas furtifs se firent entendre dans l'escalier qui menait au donjon. L'éclat d'une chandelle apparut. Il fit danser sur les murs les ombres d'un étrange équipage. Deux nains encapuchonnés peinant à porter une lourde malle suivaient une silhouette toute de noir vêtue. Parvenue aux degrés ultimes de l'étroit boyau, la silhouette se faufila dans une salle basse. La délicate dentelle d'une toile d'araignée couvrit sa longue chevelure d'un voile argenté.

Enora la plus belle dame des royaumes du Nord.

Sous l'œil indifférent d'une grappe de chauve-souris qui ondoyait mollement au plafond, Magda prit possession de son antre. Déjà, les deux nains s'empressaient autour de la malle. Ils en sortirent des fioles au col étroit scellées d'un bouchon de cire, puis ils les disposèrent sur les étagères d'un bahut branlant.

Magda s'était emparée d'un ballot en toile dont elle sortit un grimoire. L'ouvrage était recouvert d'une peau de bouc noir de jais. Elle le serra contre sa poitrine, en caressa longuement le pelage, puis, les yeux perdus dans la noirceur de ses pensées, le posa sur un lutrin. Enfin, elle l'ouvrit, tourna les pages parcheminées une à une, jusqu'à ce que son visage s'éclairât. Après avoir déchiffré les signes qui recouvraient l'une d'entre elles, elle s'approcha d'une meurtrière et contempla la nuit. À l'est, comme un signal, l'aube naissante apparut dans un halo violet. Magda leva lentement les bras. Ses yeux se plissèrent, et d'une voix sourde elle psalmodia :

Oh, Belzébuth, Maître du néant,
Entends les suppliques anciennes
Et permets que Princesse devienne
Ver immonde et rampant !

Quelque part, dans les appartements du château, des larmes étouffées libérèrent un long cri déchirant qui s'éleva et se perdit dans la nuit.

Dans la cour d'honneur, les rires et le tintement des récipients entrechoqués se mêlaient aux claquements des tréteaux que l'on démontait. Porté par les chaudes bouffées d'un soleil radieux, le joyeux tintamarre des lendemains de fête traversait l'épaisseur des murs du château. Malgré ce brouhaha, dans la demi-pénombre qui baignait la Chambre des Dames, on entendait des respirations légères et régulières. Énora et ses suivantes étaient plongées dans un profond sommeil.

Enfin, une à une, ces dernières s'éveillèrent. Elvira, l'aînée, déploya la robe que la jeune princesse allait revêtir, Élisabeth emplit un baquet d'eau chaude et Alvina, la cadette, décrocha la lourde tenture qui obturait la fenêtre. Une lumière crue et aveuglante éclaboussa soudainement la chambre. Les jeunes filles grimaçantes s'en protégèrent tout en s'empressant joyeusement autour du lit d'Énora, laquelle, lovée dans une couverture, dormait encore. Les trois suivantes saisirent les extrémités du tissu puis dans un grand éclat de rire, le soulevèrent brusquement. Alors, leurs visages se figèrent.

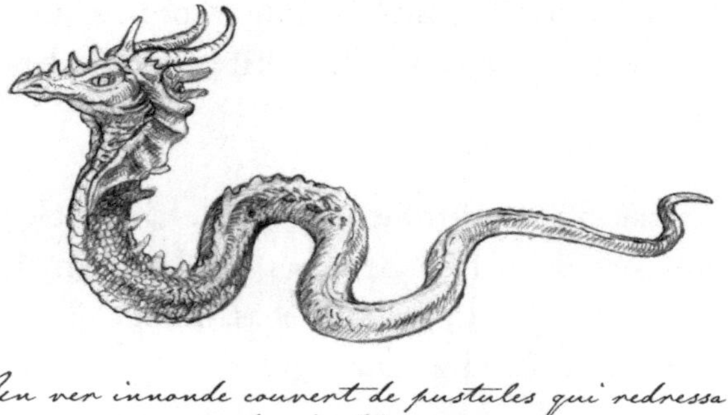

Un ver immonde couvert de pustules qui redressa son abominable museau…

Leurs bras levés restèrent suspendus en un geste inachevé. Blêmes, pupilles dilatées et gorges nouées, elles contemplaient un inconcevable spectacle.

Une créature, baignant dans une flaque visqueuse, se tordait dans le creux du lit. Un ver immonde couvert de pustules, qui redressa son abominable museau, en soufflant un air nauséabond. Pas à pas, les trois jeunes filles reculèrent. Maintenant, elles se tenaient par la main, hoquetant de terreur et de dégoût.

La créature se laissa tomber sur le plancher. Son corps sinueux se déroula et glissa en de courtes ondulations. Une longue bave marquait son sillage. Parvenue à la fenêtre, elle se dressa et s'immobilisa sur le rebord. Deux fines membranes frémirent de part et d'autre de son corps puis s'en libérèrent lentement. Alors, le monstre s'élança. Il tournoya dans le vide au-dessus de la cour d'honneur. Ses deux appendices brassèrent l'air épais comme un gros insecte fébrile.
Il perdit de l'altitude, sembla s'épuiser, puis, soudain, dans un claquement sonore, deux ailes s'étirèrent et se déployèrent dans le ciel.

Depuis le matin, une triste lueur hivernale baignait le paysage. Des lambeaux de bruyère arrachés par les vents de noroît voltigeaient sur la lande. En contrebas, un flot ininterrompu de lames en furie s'écrasait sur la grève.

De longs jours s'étaient écoulés. La bête se terrait, prostrée au plus profond d'une cavité. Son corps gracile s'était transformé. Il avait forci, s'était couvert d'une lourde carapace d'écailles. De puissantes membranes avaient percé le cuir fragile de ses ailes et une longue queue hérissée de barbelures prolongeait son abdomen. Quant à sa tête, effrayante, elle s'était allongée. Une large gueule en barrait l'extrémité et au-dessus des arcades tortueuses qui assombrissaient son regard, le sommet de son crâne se parait maintenant d'une fine crête épineuse.

Sa métamorphose achevée, le dragon avait sombré dans une profonde léthargie. Il gisait, inerte, indifférent aux fracas des tempêtes qui ébranlaient la caverne. Pourtant, soudainement, son attention s'éveilla. Ses yeux vert émeraude brillèrent fixement dans l'obscurité. Ils observaient un phénomène inhabituel.

Les rayons du soleil couchant, qui d'ordinaire éclairaient l'entrée de la grotte, pénétrèrent dans le couloir étroit et illuminèrent peu à peu les parois d'une chaude couleur orangée. Enfin, le soleil, parfaitement aligné dans l'axe du couloir, embrasa violemment la cavité où la bête était tapie. Sa carapace d'écailles brilla de mille feux, son corps se tordit et se plia comme une lame rougeoyante sur l'enclume. Enfin, elle se dressa et se dirigea vers la source incandescente. Chaque parcelle de son corps était irradiée par la force d'une puissance nouvelle. Parvenue au porche de la grotte, balayée par la bourrasque, elle se planta face à l'océan et comme un défi lancé, aux hommes et à la nuit, elle ouvrit une large gueule et vomit un puissant jet de flammes.

La tempête s'était apaisée. Les nuages qui filaient vers l'ouest dévoilaient un soleil timide. Portée par un fort courant ascendant, la créature tournoyait dans les airs. Ses longues ailes largement déployées, elle s'élevait au-dessus de l'océan, jouant avec le vent et les nuages. L'air glacé glissait le long de son corps, soudain, d'un puissant mouvement de queue, elle bascula et plongea en un vertigineux piqué. Sa lourde carcasse s'étira. Un sifflement aigu accompagna sa course, et, alors qu'elle semblait devoir s'engloutir dans les flots, d'un léger mouvement d'ailes elle dévia sa course et s'éleva à nouveau en une succession d'arabesques.

La faim la tenaillait, alors ses deux grands yeux perçants scrutèrent les terres alentour. Depuis l'aurore, à son réveil, elle n'avait dévoré qu'une portée de lapereaux, puis une colonie d'oies sauvages et quelques phoques, happés sur son passage.

Pour l'heure, c'est un taureau qui lui fournirait sa pitance. Le bovidé broutait paisiblement, entouré de quelques génisses, inconscient du danger. Déjà, l'ombre noire glissait sur l'herbe de la prairie. Un jeune pâtre affolé leva ses bras comme un pantin désarticulé. Il était trop tard. Enferrée dans les griffes puissantes, la proie se débattit, mugissant pitoyablement. Le dragon s'éleva. Il brassa l'air de ses ailes puissantes et disparut derrière les crêtes d'un massif lointain.

Depuis la disparition d'Énora, un sentiment de tristesse avait envahi les sujets du royaume. On ne parlait que de

mauvais sorts et de malédictions. Chacun faisait des gorges chaudes sur l'arrivée de la reine et la survenue des événements tragiques.

Magda avait repris, d'une main de fer, la gouvernance du royaume. De lourds impôts frappaient les paysans, quant à la noblesse, ses privilèges allaient s'amenuisant. Un malheur n'arrivant jamais seul, l'apparition d'un dragon, qui décimait les troupeaux et ravageait les cultures, n'en finissait plus de semer le trouble et le désarroi.

Des chevaliers avaient tenté de débusquer la bête. Bardés de fer, ils avaient exploré les forêts, parcouru les moindres ravines. Certains n'en étaient jamais revenus. Des forestiers avaient découvert, dans des clairières incendiées, leurs armures noircies et encore fumantes...

Le grand sorcier d'un royaume voisin, consulté par une ambassade, recommanda d'offrir au monstre quotidiennement le lait de sept vaches afin de l'apaiser.

L'hiver passa, sombre et maussade.

Au premier matin du printemps, une voile parut à l'horizon. La reine alertée par ses nains courut aux remparts. L'embarcation déploya un étendard aux armes du royaume. La nouvelle se répandit. Childe, le jeune prince, était de retour. La sorcière brandit une fine baguette de coudrier et la pointa en direction du navire. Aussitôt il se mit à danser dans les tourbillons et les remous comme un bouchon dans une lessiveuse. Childe était un bon marin. Il avait navigué sur toutes les mers du monde, il savait la violence de l'ouragan, le sortilège des sirènes ou la cruauté des krakens, alors, il tint la barre avec force et parvint à gagner une anse où il jeta l'ancre.

Magda fit relever le pont-levis et du haut de son donjon observa la troupe armée qui approchait.

Childe fut accueilli avec ferveur par une foule de paysans qui s'était portée à sa rencontre. Chemin faisant, ils lui contèrent les malheurs qui avaient frappé le royaume depuis son départ. Parvenu devant les portes du château, la foule avait grossi, et comme les gardes restèrent sourds aux sonneries de sa trompe, il décida sans plus attendre d'en découdre avec le dragon.

Le jeune prince s'enfonça dans la forêt où il savait trouver la bête. Il n'y avait pas un souffle d'air. Les feuilles des arbres flottaient tristement dans les ramures comme un nuage de cendre. Soudain, Childe entendit le trille d'un oiseau.

Guidé par le chant mélodieux, il aperçut bientôt une mésange qui sautillait sur une branche basse. Alors qu'il s'en approchait, la boule de plumes s'envola et disparut. Puis, à nouveau, le chant se fit entendre, plus loin dans les fourrés.

L'avait-il retrouvée nichée dans le creux d'un arbre qu'elle s'envolait déjà comme pour un jeu, vers une autre cachette. Ainsi la mésange facétieuse entraîna le prince vers le cœur de la forêt. Il déboucha enfin dans une clairière. Le lit asséché d'un ruisseau serpentait sur un gazon jauni et clairsemé. À la lisière opposée, au-dessus d'un empilement de roches, s'échappait un filet de fumée qui répandait une odeur âcre et soufrée, et dans l'ombre, deux lueurs vert émeraude scintillaient.

Un souffle puissant balaya subitement la clairière. Une langue de flammes jaillit jusqu'à lécher le bouclier que Childe avait brandi pour se protéger. Alors, l'épée en main, il s'élança sur le sol fumant. Le dragon jaillit de sa caverne et s'avança à son tour. Le long corps massif hérissé de piques et de barbelures se déploya. Des fumeroles pétillèrent dans ses naseaux. À nouveau le monstre cracha un long jet incendiaire. Le jeune prince roula des yeux terrifiés.
Son bouclier s'embrasa comme un fagot de bois sec, mais il continua sa course, les yeux rivés sur le poitrail de la créature, là où ses écailles étaient les plus fines. S'il parvenait à s'en approcher, sa longue lame déchirerait la carapace et transpercerait son cœur. L'épée tournoya dans l'air brûlant. La lame rebondit sur l'armure d'écailles et se brisa. Alors, d'un ample mouvement de queue, le dragon balaya la clairière et faucha le jeune prince comme un fétu de paille. Childe roula à terre et disparut dans un nuage de cendre. Une rangée de longues griffes tranchantes comme des faucilles pointa à l'extrémité de la patte qui se dressa, menaçante.

L'homme était à sa merci.

Au moment où la bête s'apprêtait à embrocher sa proie, la mésange se posa sur la fine crête écailleuse qui traversait son crâne. Et l'oiseau de gazouiller au creux de son oreille. Le cracheur de feu parut familier du petit animal. Il sembla lui accorder toute son attention et ponctua même ses pépiements par des sons rauques et étouffés. Le dragon s'avança alors vers Childe, qui gisait allongé, bras en croix. Les paupières à demi-closes, il avait observé l'étrange dialogue, mais comme la gueule ignoble approchait de son visage, il les rabattit brusquement. Le souffle puant le fit tressaillir. Les relents de viande faisandée et d'œuf pourri lui renversèrent l'estomac. Le temps s'écoula. Lentement. La créature restait immobile à un cheveu de sa face. Childe tressauta, une goutte venait de rebondir sur son front. Puis une autre, et d'autres encore. Elles dévalaient l'arête de son nez et glissaient au coin de ses lèvres. Le goût salé emplit sa bouche d'une sensation familière. Alors, il souleva ses paupières et découvrit deux grands yeux vert-émeraude ruisselant de larmes.

La petite mésange picorait en sautillant dans la clairière. Son chant était joyeux. Childe s'était relevé. Il avait ôté sa cuirasse et se tenait face au dragon. L'un et l'autre s'observaient dans une sorte d'hébétude partagée. Soudain, le jeune prince dressa l'oreille. À travers le flûtis mélodieux, il lui semblait entendre des mots. Des mots comme il n'en avait jamais entendu. Des mots qui pourtant avaient un sens et qui, s'il les mettait bout à bout, formaient des phrases intelligibles grâce auxquelles il comprit comment les quelques gouttes des larmes du dragon qui avaient roulé dans sa gorge lui permettaient d'accéder au secret du langage des oiseaux ! Et quand, le volatile intarissable lui dévoila le sort que la sorcière avait réservé à Énora, son visage s'empourpra et ses mains tremblèrent de fureur. La petite mésange, qui était aussi un peu fée, comme le sont parfois les petites mésanges, sautilla alors sur son épaule et glissa à son oreille un secret :

Seul saura rompre le charme
Un damoiseau baigné de larmes.
Si par trois fois l'embrassait
Belle apparence retrouverait.

C'était le dernier quatrain de la formule magique !

C'est ainsi que Childe, prince du royaume et héritier du trône, affronta de bonne grâce le souffle puant, en déposant par trois fois, le cœur au bord des lèvres, un baiser sur la gueule du dragon.

Au moment même où Énora retrouva son apparence de jolie princesse, la reine prit subitement celle d'un vieux crapaud, lequel disparut, sautillant et coassant, dans les caves du château.

On raconte encore aujourd'hui, dans le petit royaume oublié, que le charme pourrait être levé si, un jour, un jeune prince embrassait le crapaud baveux trois fois sur la bouche.

Aux dernières nouvelles, il y serait encore…

Les derniers dragons de Keris

Cheffig Le Goff se hâte. La grande marée et la tempête qui s'annoncent menacent de balayer sa barcasse. Alors il la tire au sec sur la grève. Son bateau, le Men Du, est à l'abri dans une crique protégée des bourrasques.

Au loin, au-dessus des terres, de gros nuages gonflés de pluie roulent en rangs serrés. Déjà, les premières rafales font ployer les roseaux qui bordent la grève.

La tâche accomplie, il se dirige vers sa masure. Il l'aperçoit, coincée entre deux rochers. Un filet de fumée monte du toit de chaume. Cheffig bougonne. Quand il ne bougonne pas, il marmonne. Mais aujourd'hui, il bougonne ! Les tempêtes, ça le rend soupe au lait.

Ce penty, il y est né, et avant lui, des générations de Le Goff y sont nées. Aujourd'hui, il est le dernier représentant de la lignée. C'est triste. Les hommes de la famille ne font pas de vieux os et surtout, ils ne meurent jamais dans leur lit ! Une malédiction, comme qui dirait.

Chez les Le Goff, on n'entend pas couiner la carriole de l'Ankou.
C'est l'océan qui fait le boulot !

Voilà les idées noires que Cheffig est encore en train de ruminer alors qu'il pousse la porte de sa maison. Et toutes ces ruminations lui ont ouvert l'appétit, alors sans plus attendre, il dépose sur la table une motte de beurre jaune comme de l'or, une miche de pain craquante, un bout de lard, et une bonne bolée de cidre. C'est qu'il n'a pas la vie facile et qu'il faut bien du réconfort ! Et Cheffig de lever sa bolée, et de la vider d'un trait avant d'engloutir son repas. Enfin, d'un revers de manche, il essuie ses lèvres luisantes de gras et, de son pas traînant, se dirige vers la cheminée où l'attend, dans l'âtre, un petit tabouret branlant.
C'est là qu'il aime être depuis qu'il est enfant, car de là où il se trouve assis, devant la flambée de genêts qui pétille, il peut voir, par une étroite fenêtre, l'étendue mouvante qui s'étend jusqu'à l'horizon. Alors seulement, il sort de sa vareuse une longue pipe d'écume de mer, la bourre les yeux noyés dans l'océan, et, quand les premières volutes se dispersent sous les poutres noircies, ses pensées ont déjà abordé d'autres rivages.

Cheffig est enfant.

La pluie cingle les carreaux. Le vent s'engouffre en rafale dans la cheminée et rabat les flammes du foyer. Le garçonnet écoute, bouche bée, la voix grave de son grand-père raconter comme à chaque veillée un récit du vieux temps.
– J'te dis que c'est là, qu'il a surgi. Plein ouest, noir comme la mort, ruisselant d'écume et de goémon. Un « caillou » énorme planté au milieu du raz de Sein et qui ressemblait... Qui ressemblait à un corbeau. Je peux pas mieux dire.

Il frotte sa barbe, les yeux perdus dans le vide, avant de conclure comme une évidence :
– Un grand corbeau perché sur un gros tas de cailloux...
– Mais grand-père, l'interrompt Cheffig, cette histoire, tu l'as racontée souvent, mais l'îlot, tu l'as jamais vu !
– Bien sûr que non, bougre de bille de bois. Ce caillou, il « découvre » qu'une seule fois par siècle !
– Et encore, pas toujours ! renchérit Yvon, le père de Cheffig, en se grattant le sommet du crâne avec l'aiguille qui lui sert à remailler des filets.
– Hé oui, tous les cent ans ! Car il faut que soient réunies des conditions ex-tra-or-di-nai-res.

Et le vieux loup de mer d'expliquer sur le ton las d'un maître d'école qui ressasse à des cancres une leçon cent fois étudiée :
– Il faut qu'une tempête venue de la terre souffle en furie, et

qu'elle repousse, à marée basse, l'océan au plus loin des côtes, lors d'une exceptionnelle « Marée du Siècle ».

– *Roc'h ar Brini*[1], tout le monde en parle sans jamais l'avoir vue. Un peu comme un fantôme… glisse malicieusement Léna, la maîtresse de maison, en adressant un clin d'œil complice à son fils.

– Dire que tout le monde en parle, c'est pas vrai. C'est un secret ! rugit l'ancêtre dans un sursaut de mauvaise humeur.

– Un secret de famille !

Chez les Le Goff, on tenait, en effet, d'une longue tradition familiale, le récit d'une cité merveilleuse qui s'élevait comme une île au-dessus des flots.

Derrière de hautes murailles s'étalait une multitude de palais et de temples ornés de marbre blanc et couverts de feuilles d'or. C'était une cité riche et puissante dont les émissaires parcouraient les océans, montés sur des dragons marins. Mais l'arrogance de ses habitants et les mœurs dissolues d'une jeune princesse nommée Dahut provoquèrent la colère du ciel. En une nuit la cité fut submergée et anéantie par les éléments en furie.

Le grand-père, à ce moment de son récit, se tourne vers Cheffig, et murmure sur le ton du mystère :

– Au cœur de la cité s'élevait le plus majestueux des palais. Il

---

1. La roche aux corbeaux

avait été bâti par les nains des Montagnes d'Arez. C'est dire qu'il était beau ! Et tellement il était beau, que Dahut en avait fait sa résidence ! Et, on raconte…

La voix du vieux Le Goff devient si basse qu'il faut lire sur ses lèvres.
– On raconte qu'elle aurait caché un prodigieux trésor au plus profond des caves et des soubassements.

Les yeux de Cheffig de s'écarquiller de plaisir.
– Et cette tour… Eh bien… elle reposait… ? interroge le grand-père avec l'impatience d'un homme pressé de répondre à ses propres questions.
– Elle reposait sur le gros rocher noir, pardi ! conclut-il en reprenant subitement sa voix de ténor d'opéra.

S'ensuit alors un long silence à peine troublé par les craquements du bois sec dans la cheminée. Peut-être à ce moment pouvait-on lire dans le regard du vieux la frustration de n'avoir jamais pu aborder le « caillou ».

Et pour cause...

Se joue alors la scène favorite du jeune garçon :
– Tiens, moussaillon, reprend Le Goff, en sortant d'une poche de son gilet une fine rondelle jaune comme l'ambre. C'est le père Mahé, mon grand-oncle, qui l'a trouvée accrochée au goémon, sur la plage, là, juste devant la maison.

Alors... ?

Cheffig a saisi la monnaie d'or avec mille précautions. Il en examine les moindres reliefs, essaye de déchiffrer les lettres mystérieuses qui entourent un motif estompé.
– Le signal, père, parle-nous du signal, encourage Yvon, toujours penché sur son ouvrage.

Alors, le vieux Le Goff, dans un souffle :
– Il est dit... il hésite un instant. Il est dit que la nuit qui précède la grande marée, des colonies d'oiseaux s'assemblent sur la grève. La voix décroît d'un ton :
– Enfin, il semble que ce soit des oiseaux, bien que quiconque n'ait jamais vu la queue d'un...

– On les voit pas, mais, bon sang, on les entend ! La voix a forci, et on sent l'émotion sincère du vieil homme.

Son visage sec, buriné par l'âge et les embruns, est devenu blanc comme de la cire. Les yeux perdus dans les braises qui sommeillent dans l'âtre, il poursuit d'une voix vibrante :
– Le bruissement des ailes. Les craillements incessants. Et puis, le vent. Le vent qui forcit. Les sifflements et les bourrasques. La pluie à seaux...

La maisonnée retient son souffle. Jamais le vieux Le Goff n'a été aussi troublé par son récit.

Cheffig se réveille en sursaut. La voix lointaine de son grand-père s'estompe dans les mugissements du vent. La tempête a forci. Dans la pénombre, les lueurs rougeoyantes du feu scintillent sur les montants du lit clos. Dehors, la nuit est d'encre. Longtemps, il s'est demandé si son grand-père, plutôt que de raconter à l'envi cette vieille histoire, n'avait pas cherché lui-même à accoster l'îlot. C'est quelques semaines après cette soirée qu'il a disparu en mer avec Yvon lors d'une tempête, pendant une grande marée. Songeur, il se laisse gagner de nouveau par une douce torpeur.

Une rumeur confuse et lointaine le tire brusquement de sa rêverie. Une rumeur sourde s'élevant par delà le tumulte. Il se redresse et tend l'oreille.

– Voilà bien un drôle de « strubul », maugrée-t-il en se saisissant d'une lanterne accrochée au linteau de la cheminée.

Mais avant même qu'il ne craque une allumette, le « strubul » a redoublé de vigueur. Cheffig, cloué par l'effroi sur son tabouret branlant, entend maintenant tout autour de sa masure des allées et venues incessantes, des bruissements et des battements d'ailes, des claquements secs et sonores et des éructations bruyantes.

Cette ménagerie infernale jaillie des ténèbres…
C'est le Signal.

Le tintement des matines vibre dans la tempête. L'obscurité est totale. Dans la crique balayée par les bourrasques, un petit cercle de lumière danse à la surface des flots. Dans le halo blanchâtre, on devine une silhouette. Celle de Cheffig. Transpercé par l'eau glacée, il amarre sa barcasse au corps-mort où le Men Du se cabre sous l'assaut des vagues.

Quelques heures plus tôt, après que le grand tapage se fût tu et que le tohu-bohu des battements d'ailes eût annoncé l'envol des créatures, Cheffig est resté pantelant, incapable de trouver le sommeil.

L'écho d'une voix lointaine l'a soudain fait tressaillir.
– Holà, matelot, bouge-toi. C'est ta chance, saisis-la !

Un sourire a illuminé le visage du marin, comme à chaque fois qu'enfant il entendait son grand-père.
– Impossible de sortir en mer, *tad coz*[2] ! Les bourrasques sont à décorner un bœuf, tu le sais bien !
– Ton bateau est solide et le métier, tu le connais, moussaillon. C'est moi qui te l'ai appris ! insiste la voix avant d'ajouter : Pendant une heure encore, tu le sais, le niveau de l'eau va baisser. Puis ce sera l'étale. C'est à ce moment que tu dois aborder Roc'h ar Brini. Si tu dois partir, c'est maintenant.

Puis, la voix s'est tue.

Et voilà Cheffig, vissé au banc de nage du Men Du, crochant fermement la barre, taloché par les paquets de mer qui explosent sur l'étrave. Le marin est habile. Il a réduit la toile et file vent arrière dans le bouillonnement des déferlantes et les gerbes d'écume.

Soudain, par delà la crête des vagues, droit devant lui, il devine une présence inhabituelle. Son cœur s'emballe. Cette baie, il la sillonne depuis qu'il est en âge de pêcher des crevettes. Il en connaît le moindre caillou.

Alors, se détache dans la pénombre la silhouette d'un rocher. Un rocher trapu, haut comme le clocher d'une église. Cheffig, sans voix, en ôte son bonnet de laine. Puis d'un geste précis,

2. grand-père

il borde la voile. L'embarcation bondit et remonte au vent, embarquant au passage un paquet d'eau glacée.
Comme attendu, à la faveur de l'étale, les sifflements stridents, les bourrasques et l'impétuosité des flots s'apaisent peu à peu. Le marin navigue maintenant aux abords du « caillou », attentif aux écueils affleurants.

Enfin, il affale la voile et mouille l'ancre.

L'îlot a l'aspect d'un donjon minéral flanqué d'un amoncellement de roches couvertes d'algues ruisselantes. Cheffig se laisse glisser jusqu'à mi-taille dans l'eau sombre et glacée. Il avance en écartant de longs rubans de laminaires. La mer est étrangement calme. Il entend le bruit régulier du ressac monter comme un long soupir apaisé. Ses dents claquent. Un halo bleuté enveloppe l'îlot.

Comme dans un rêve,
il prend pied sur Roc'h ar Brini.

Les nuages ont filé vers le large et la lune se dévoile enfin. Le marin progresse entre les rochers couverts d'algues scintillantes. Immédiatement, Cheffig aperçoit les marches. Cinq. Taillées dans la roche. Elles s'élèvent jusqu'à une plate-forme. Il les gravit deux à deux et prend pied sur une esplanade devant le monolithe. Le gargouillis d'un ruisseau attire son attention. Une bouche obscure grande comme celle d'un géant s'ouvre à la base du bloc rocheux et vomit un flot ininterrompu d'eau salée. Cheffig sort de sa besace une lanterne, l'allume et s'engage en pataugeant dans la grotte. Un courant d'air violent rabat la flamme. Le cercle de lumière vacille et perce enfin la pénombre. Il découvre alors une grande salle voûtée. Elle se perd dans des tréfonds obscurs. Au centre, un long caniveau creusé dans la roche. De part et d'autre, des alcôves séparées par de hauts murs épais. De gros anneaux de bronze patinés par le temps sont scellés dans l'épaisseur de la roche.

Cheffig avance à contre-courant. Le flux écumant qui glisse le long de ses jambes, le guide au bas d'un escalier où l'eau dévale en cascade. Il remonte le torrent et pénètre dans une salle spacieuse. Les parois sont couvertes de plaques d'ivoire finement ciselées. Le cœur battant, Cheffig s'en approche. Il découvre alors des scènes présentant des hommes aux allures de dieux antiques. Des femmes les accompagnent, elles sont belles et lascives, des bracelets s'enroulent comme des serpents autour de leurs bras et leurs longues chevelures sont ornées de coquillages nacrés. Sur des tréteaux couverts de fleurs, des mets et des fruits inconnus sont disposés pour un banquet.

Une autre scène présente un combat. Des guerriers sont alignés en ordre de bataille. Ils sont armés de longues épées à lame courbe et de lances munies à leur extrémité d'une pointe de trident. Leurs adversaires fuient. Parmi eux, des hommes sont agenouillés. Une expression de terreur se lit sur leur visage. Un personnage grimaçant brandit une tête coupée. Dans le corridor voisin, sur de longs blocs de porphyre, ce sont des créatures ailées que le marin découvre. Les dragons de Keris ! Ceux-là mêmes qui ont peuplé ses rêves d'enfant. Ils sont comme il les avait imaginés alors, d'une taille prodigieuse. Des hommes cuirassés les chevauchent. Les flammes qui jaillissent de leur naseau dévastent une cité cernée par un grand fleuve.

D'autres encore survolent l'océan chargés de ballots, de tissus ou de paniers en osier. Une scène représente une vaste écurie où les dragons enchaînés sont logés dans des larges stalles. Des nains chevelus et tordus s'activent tout autour. Cheffig reconnaît l'endroit. C'est la caverne par laquelle il est entré.

Plus loin encore, c'est un plan de la cité qui occupe un long pan de la paroi rocheuse. Il correspond étonnamment aux descriptions du vieux Le Goff. Les façades alignées des palais, une haute bâtisse ornée de colonnes sculptées de divinités et de monstres marins, les remparts et une multitude de tours et de clochers qui les surmontent, les portes des écluses et le port encombré de mâts et de voilures. Et puis, une tour en pierre noire qui dépasse par la taille tous les autres monuments. Le palais de Dahut. L'endroit même où il se trouve.

Le marin passe de salle en salle, de gravures en bas-reliefs, émerveillé comme un enfant découvrant un livre d'images. Pourtant, un sentiment étrange le trouble. Dans leurs actes, leurs postures ou leurs expressions hautaines, il devine l'orgueil et la cruauté qui animaient les habitants de Keris.
Tout à ses pensées, il pénètre dans une salle voûtée aux allures d'alcôve. La lueur dansante de sa lanterne éclaire un autel et quelques bancs de pierre couverts d'algues. À mi-hauteur sur la paroi, scellée dans l'épaisseur de la roche, une plaque de marbre blanc. Un profil de femme apparaît. Ses longs cheveux ondulent autour d'un visage d'ange et ses yeux de madone expriment une douceur infinie. Une mélodie lui parvient, une voix aussi, cristalline comme le son d'une harpe.

Les yeux de Cheffig se noient dans le regard de Dahut.

Le fracas du ressac a retenti comme un coup de tonnerre dans le grand rocher creux. L'océan s'est réveillé.
Cheffig sursaute, hébété comme s'il sortait d'un long

sommeil. Il ne sait plus très bien où il se trouve. Il marche dans un couloir étroit.

L'image de Dahut le hante.

Dahut, princesse de Keris par qui le malheur arriva et qui devint sirène. Il sait, Cheffig, combien ces créatures sont belles. Il sait leurs charmes pour séduire. Comment elles offrent leurs lèvres avant de saisir les hommes pour les noyer.

Un nouveau coup de boutoir ébranle le rocher creux. Cette fois, il lui faut gagner le Men Du au plus tôt.

Cheffig dévale quatre à quatre les marches d'un escalier, traverse de longs boyaux. Et alors qu'il franchit un palier, la lueur tremblotante de sa lanterne éclaire un signe gravé au-dessus d'une voûte.

Il s'en approche le cœur battant. Ce symbole, il le connaît bien. Il l'accompagne depuis qu'il est enfant. Il lève lentement la lanterne. Un long manche, des pointes fourchues comme la queue d'un diablotin. Le trident frappé sur la monnaie du vieux Le Goff !

Alors, Cheffig éclaire la paroi, découvre une niche et fouille à tâtons. Elle s'évase comme un four à pain. Soudain, un cliquetis métallique... D'un geste brusque, le marin ramène sa main, et disperse sur le sol au milieu d'un fatras d'algues et de galets un monceau de monnaies d'or…

Cheffig emplit fiévreusement sa besace par poignées. Quand elle est bien pleine, il emplit ses poches. Puis, à nouveau sa besace. Les coutures s'étirent. Elle menace de craquer.

Le mugissement de la tempête emplit le grand rocher creux. La marée a basculé. Elle monte. Les vents ont viré sud. Bientôt, l'îlot sera submergé.

Cheffig reprend sa fuite éperdue. Il court à perdre haleine et les piécettes qui s'échappent par poignées de sa besace voltigent dans son sillage d'écume.

La lueur du jour éclaire l'océan en furie. Cheffig lui fait face. Il est couvert de sueur et son cœur bat la chamade. Des rouleaux balayent la passe qu'il lui faut emprunter pour rejoindre le Men Du. Il se trouve dans l'amoncellement de gros cailloux ronds, à la pointe Nord de l'îlot, et il tient sa besace serrée contre sa poitrine.

Il lui est impossible de revenir sur ses pas. L'accès au grand rocher creux est maintenant submergé. Alors, il va s'élancer. Il a peur. Dans le tumulte des déferlantes, la cinquième vague est moins violente. C'est à ce moment qu'il doit passer.

Maintenant.

Mais à l'instant où il s'élance, un sifflement retentit. Déchirant. Cheffig bloque sa course et plaque ses mains contre ses oreilles. La douleur est vive. Il lui semble qu'une longue aiguille lui traverse les tympans. Il lève la tête brusquement. De longues silhouettes ailées tournoient au-dessus de lui, des dizaines, d'une taille hors du commun. Elles tourbillonnent dans les spirales d'un siphon dont Cheffig paraît être le centre.

Soudain, l'une d'entre elles plonge. Cheffig, le souffle court, reste figé comme une statue de pierre. Il voit la scène au ralenti : le corps massif bardé d'écailles luisantes, la longue queue épineuse, deux ailes démesurées qui sifflent dans l'air et deux grands yeux jaunes qui éclairent une gueule énorme. La créature n'est plus qu'à quelques mètres des rochers. Elle se cabre subitement et crache une longue langue de feu. Cheffig lâche sa lanterne de stupeur. Elle s'écrase sur le rocher.

Puis retentissent à nouveau les longs cris déchirants, une à une, elles plongent. Un bouillonnement de flammes et de gaz brûlants éclaire l'océan. L'îlot paraît s'embraser. Des dragons trouent la surface de l'océan et disparaissent dans les profondeurs. D'autres s'engouffrent dans le grand rocher creux.

Cheffig, poussé par la montée des eaux, se hisse vers le sommet du chaos. Il glisse de roche en roche pour échapper aux flammes. La folie danse dans le fond de ses yeux. Soudain, un long craquement déchirant se mêle aux fracas des lames. Le Men Du a rompu ses amarres et s'est échoué sur les écueils.

Mais Cheffig n'entend plus.

L'homme est recroquevillé sous une roche dégueulante d'algues brunes. La bourrasque cingle son visage. Tout autour, la masse sombre des flots déchaînés. Seul, dans le petit matin, il presse contre son cœur une besace emplie d'or et il attend la fin.

Roc'h ar Brini sera bientôt couverte et redeviendra territoire de Fées. Et puisque telle est la destinée réservée aux marins amoureux des sirènes, Cheffig rejoindra ses ancêtres dans la solitude des océans.

Et le grand rocher creux, et les derniers dragons
de Keris surgiront à nouveau dans cent ans.

Peut-être...

Dans l'antre du dragon

C'est la fin de l'hiver. Clément marche dans l'air froid du matin. Au loin, au-dessus des pâturages, un tremblement argenté coiffe la forêt vers laquelle il se dirige. Le jeune garçon, pensionnaire d'un collège, est un élève studieux. C'est aussi un petit animal sauvage qui aime retrouver son village. C'est là, accroché aux contreforts d'une montagne, que se trouve le moulin de son grand-père.

Et, c'est dans ce moulin qu'il passe le plus clair de son temps. L'odeur du blé mûr. Les rotations lentes et régulières des rouages. Les mécanismes savants. Le ruissellement de l'eau sur les pierres polies.

Les craquements. Les cliquetis…

Il rêve.
Il imagine des machines. Des machines extraordinaires capables de…

Mais les sonnailles d'un troupeau au-delà du vallon interrompent brusquement sa rêverie.

Enfin, il pénètre dans le sous-bois. Penché dans les fourrés, il cherche les « passages » où son grand-père a placé ses collets. Mais, chacune des fines cordelettes de cuir a été arrachée. Disparus, les lapins ou les perdreaux. Envolé, le fumet des tourtes, des civets et des pâtés qu'ils auraient si justement agrémentés. D'évidence, un amateur de viande fraîche, pelage roux et queue en panache, l'a précédé et fait bombance à ses dépens…

Cette belle journée qu'il pensait consacrer à battre la forêt paraît compromise. Aussi, sans plus d'état d'âme, il décide de regagner son vieux moulin. L'idée de paresser parmi les sacs de farine le ravit par avance. Comme il quitte le couvert du sous-bois, une autre surprise l'attend. Des flocons volettent nonchalamment et couvrent les pâturages d'une fine pellicule scintillante.

Clément s'arrête un instant et contemple le paysage immaculé. Il aime ces instants où le temps semble ralenti, où chaque son, étouffé par le duvet neigeux, donne l'impression de marcher dans un rêve, vers une destination lointaine et mystérieuse…

Il abat son capuchon. Le vent forcit. Au loin, derrière les sommets, de grosses masses sombres et menaçantes se pressent.

Il faut qu'il se hâte. Il frissonne à l'idée d'être surpris par la tempête de neige qui menace.

Pendant qu'il réfléchit, l'inquiétude se lit dans son regard sombre. Il existe bien un sentier qui lui permettrait de gagner la vallée avant la tourmente. Mais il faut remonter vers les sommets pour emprunter un défilé sinistre.

Clément a pris sa décision.
Résolu, il s'engage vers le sommet de la montagne.

Chemin faisant, il pense aux veillées de son enfance. Les longues veillées d'hiver devant la cheminée quand le vieux Glaudio racontait les légendes de la vallée. Des récits glaçants qu'il écoutait le cœur battant.

Les cheminées du diable, c'est ainsi qu'il le nommait, ce défilé. Il entend la voix chevrotante du vieillard comme s'il marchait à ses côtés :

– Et surtout, ne vous en approchez jamais, mes petiots ! L'endroit est maudit. Il s'y trouve une des portes de l'enfer ! Et le vieux Glaudio de rajouter en baissant la voix :

– Une porte de l'enfer gardée par des démons !

Le regard brûlant perdu dans la nuit, il s'interrompait, comme assailli par des souvenirs douloureux, avant de reprendre :
– Tous ces troupeaux menés par de jeunes pâtres qui n'en sont jamais ressortis... Disparus, volatilisés... Avalés !

La pente raidit. Les grosses galoches de Clément glissent sur le tapis blanc. D'un œil il observe, au loin, les nuages gonflés de neige. Ils ont basculé par-dessus les cimes et glissent dans sa direction. Le paysage se fond lentement dans une grisaille terne et oppressante. Maintenant, la pente se fait plus rude encore. Une brume insidieuse le transperce comme un vieux linge humide.
– Et dire que l'on me reproche d'être toujours dans les nuages, s'amuse l'apprenti alpiniste en frottant vigoureusement ses mains engourdies. Eh bien, pour le coup, ça n'aura jamais été aussi vrai !

Et Clément de disparaître dans la nuée des rafales et des flocons tourbillonnants.

Derrière ses cils blanchis par le givre, une lueur illumine le regard du jeune garçon. Juste au-dessus de lui, dans le flou du paysage, se dressent comme par enchantement deux saillies rocheuses noir ébène.

Semblables à deux corbeaux assoupis, elles marquent l'entrée du défilé. Ralenti par la couche de neige, Clément gravit fiévreusement les derniers degrés et s'engage enfin entre les deux blocs rocheux. Aussitôt, le sifflement du vent s'apaise et seuls quelques rares flocons virevoltent dans l'air comme des papillons égarés.

Clément époussette le manteau de neige qui le couvre. Dans la semi-pénombre qui baigne l'endroit, il devine un long corridor creusé dans le flanc de la montagne. Pentu comme une piste de luge et semé d'éboulis, il serpente entre deux parois abruptes jusqu'à la vallée.

Déjà le jeune garçon se réjouit à l'idée de savourer un bol de chocolat fumant, les doigts de pieds en éventail devant une bonne flambée.

Alors qu'il s'engage dans la descente, Clément comprend qu'il n'est pas au bout de ses peines. Ses galoches roulent sur un semis de petites pierres rondes et une brume qui ondoie sur le sol masque les trous et les ornières.

Il progresse pas à pas.

Dans la pente, les silhouettes des roches arrachées à la montagne prennent l'apparence de créatures étranges et fantomatiques. Alors Clément allège son pas afin de ne pas éveiller les monstres assoupis.

Bientôt, il lui semble percevoir une senteur familière. L'odeur… d'un feu ?

Un refuge d'altitude, ou bien encore le chalet du père François niché près du bois de mélèzes au bord des alpages ?

Peu probable.

Cette odeur de feu le tarabuste. Elle ne porte pas les senteurs des bonnes flambées de bois de chêne. Pourtant, elle lui est familière. Il tressaille. Son visage s'éclaire.

Les allumettes de son grand-père lorsqu'il allume sa vieille bouffarde ! Voilà ce que cette odeur âcre lui évoque. Ces allumettes suédoises à l'inimitable note piquante de… soufre.

La voix grave du Glaudio résonne dans sa tête :
– Une porte de l'enfer ! Gardée par des démons…
Les cheminées du diable !

Clément est traversé par un long frisson. Il reprend son chemin et, prudent comme une musaraigne, il se faufile entre les rochers.

Au détour d'un lacet, il se fige à nouveau. À quelques pas à peine, il perçoit un bourdonnement sourd et irrégulier. Il tend l'oreille. Le bourdonnement s'apaise, monte en puissance, semble balbutier puis, soudainement, retentit dans le défilé comme la sonnerie d'une trompette percée.
Les yeux écarquillés, Clément fouille la pénombre. Son cœur cogne dans sa poitrine. Ses jambes se transforment en pâte de guimauve.

Alors, la mâchoire serrée, d'un bond il s'élance, heurte, trébuche, roule cul par-dessus tête, tourneboule dans la rocaille et bascule dans un trou béant.

Flic
Clément somnole.
Floc
Ce bruit l'agace.
Flic

L'écho des flics et des flocs qui résonne dans sa tête comme l'éclat d'une goutte d'eau sur le sol d'une cathédrale lui semble parfaitement étrange, puisqu'il dort, douillettement blotti dans le creux de son lit, évidemment.

Pourtant la faim le tenaille. Il faudrait bien qu'il se lève. Mais il se complaît dans l'inconscience de son demi-sommeil.

Confusément, ses péripéties lui reviennent en mémoire. La tempête de neige, le raccourci, les cheminées du diable...

Toutefois, il manque à son histoire...
Clément réfléchit.
Son retour au moulin ? Son grand-père, le regard courroucé vissé sur les aiguilles de l'horloge ? Les affectueux reproches de sa grand-mère ?
De cela, aucun souvenir...
Alors Clément entrouvre un œil. Une brume légère traversée de longues volutes bleues flotte tout autour de lui.

... Tête dans les nuages... balbutie le jeune garçon, esquissant un sourire béat avant de rabattre sa paupière.

Puis, comme transpercé par un éclair de foudre, il se redresse, ouvre grand ses deux yeux bouffis et découvre une large cavité, dont le plafond, très haut, est percé d'un grand trou de lumière où perlent des gouttelettes argentées.

L'odeur âcre des lambeaux de fumées qui serpentent au travers des rais de lumière et le sifflement des respirations qui emplissent la caverne achèvent de terrifier le jeune garçon. Hagard, il lance un regard circulaire et découvre qu'il repose... sur le ventre d'un dragon.

Clément glisse sur le long corps râpeux. Parvenu à son extrémité, à la naissance de la queue, il se laisse tomber sur le sol. Recroquevillé dans un coin de la grotte, il observe le dragon. Son regard ne peut s'en détacher.

La fascination a effacé l'effroi.

La tête anguleuse, surmontée d'une longue corne torsadée. Les cavités profondes obturées par deux paupières calleuses. Les pattes, massives, percées de longues griffes brillantes et acérées comme des crochets d'acier. Et la carcasse, puissante, enroulée autour d'une longue queue flanquée de barbelures. Les rangées d'écailles jaunes comme de l'or, clairsemées de mousse où pointent les chapeaux pointus de minuscules champignons.

Dans un recoin obscur, un amas attire l'attention de Clément. Un amas, blanchi par le temps, d'ossements et de crânes enchevêtrés, dont certains, les plus grands, sont pourvus de cornes et, tout autour, de grosses cloches patinées de vert jonchent çà et là.
À nouveau, Clément songe au récit du Glaudio, à ces troupeaux évaporés dans la montagne et à ces jeunes pâtres qui n'en sont jamais revenus...

Clément a faim. Et il a froid aussi. Après s'être abreuvé d'un filet d'eau ruisselant le long de la paroi, il se décide à escalader

le corps du dragon endormi. Il se pelotonne dans la chaleur des plis de son abdomen et s'endort, bercé par le mouvement de sa respiration.
Bientôt il se réveille, ébloui par un rayon de soleil qui plonge à la verticale par l'orifice du plafond. Il sursaute et s'étire. Son corps a glissé. Il tapote à tâtons, se demande où il est et, comme il lève les yeux, découvre stupéfait à une portée de main deux grands yeux.

Noyé dans les reflets du regard émeraude, le garçon sent la gueule monstrueuse se rapprocher.

Ils sont maintenant « nez à nez ».
L'un hume l'autre de la tête aux godillots.
L'autre esquisse un sourire benêt.
Et, les yeux des deux s'illuminent d'un éclat malicieux.

La bête est engourdie. Elle sort d'un long et profond sommeil. La chaleur du soleil réchauffe son corps. D'un mouvement souple, le dragon se dresse. Aussitôt, le cercle de lumière qui éclaire les écailles de sa carapace projette sur les parois de la grotte le décor mouvant d'un kaléidoscope géant. Clément, bouche bée, ballotte de gauche et de droite. S'arc-boute. Saisit la collerette qui cerne la base du long cou.
Soudain, comme sorties d'un fourreau invisible, deux ailes soyeuses veinées de membranes puissantes se déplient dans un bruissement feutré. Quelques vigoureux trémoussements.

Des claquements d'ailes secs et puissants.
La tête du dragon se tourne lentement vers Clément. Les yeux gros comme des calots, il se tient à califourchon sur l'animal. Son visage s'illumine du même sourire stupide.

Alors d'un bond puissant la bête s'élance vers la voûte de la cavité, se glisse dans l'orifice béant et en quelques coups d'ailes appuyés s'élève dans les altitudes.

Un vent glacial siffle à ses oreilles et lui cingle les joues. Tout autour, les paysages enneigés. Au loin, les sommets, le lac aux Dames qui scintille comme un miroir, la masse sombre des forêts noyée dans les brumes cotonneuses.

Le dragon, toutes ailes déployées, plane dans les airs. Clément, penché sur son cou, s'accroche avec la rage d'un dresseur de mustangs.

Plus que le paysage, il l'observe, elle, la bête. Le mouvement gracieux de ses ailes, la tension des fines armatures et sa courbure dans la bourrasque. Le long corps profilé qui transperce l'azur...

À l'évidence, c'est un dragonnet, que l'approche du printemps a libéré d'une longue léthargie. Il joue dans les airs comme un cerf-volant dans la tempête, enchaînant voltes, boucles, tonneaux et chandelles qu'il accompagne de craillements sonores et suraigus.

Clément se laisse gagner par l'exaltation de sa monture. Il n'éprouve aucune crainte. Bien au contraire. À son tour enivré de bonheur, il s'époumone.
Puis, il ose. Il ose l'impossible. Une légère flexion de son genou sur le flanc gauche. Le dragon oscille et dévie sa course. Une pression à la base de son cou et il part en un vertigineux piqué.

Bientôt, les deux ne font qu'un. Leurs sentiments se mêlent. Une secrète connivence lie l'enfant et la bête.

Enfin, le ciel pâlit au-delà des montagnes. L'ombre des forêts s'allonge sur les alpages. Un sifflement strident emplit une clairière isolée. Le dragon vient de se poser. Le cœur battant, Clément saute sur le sol enneigé. Les deux regards se croisent et se fixent longuement.

Il joue dans les airs comme un cerf volant dans la tempête..
Croquis d'études « Vol du Ddragons »
Projet Eole, Avril 1861

Deux regards brillants.
– À bientôt, Éole, murmure le jeune garçon. C'est ainsi qu'il a décidé de le nommer. Puis, il hoche la tête pour un salut timide en esquissant un sourire rayonnant.

Le claquement d'ailes retentit comme un coup de fouet, le dragon s'élève et disparaît dans la nuit.

Jamais Clément n'oublia cette rencontre et jamais il n'en fit confidence à quiconque. Toute sa vie, il désira ressentir à nouveau le bonheur qu'il avait éprouvé lors de cette journée.

Après des études brillantes, le jeune Clément Ader deviendra un ingénieur célèbre. Il concevra en 1890 le premier objet volant, dont la légende rapporte que sa conception lui fut inspirée par le vol d'une chauve-souris.

D'une chauve-souris...

L'objet volant, qu'il baptisa Éole, s'il décolla sur plusieurs mètres, ne put jamais s'élever dans les airs. Toutefois, Clément n'en conçut aucune amertume, car c'était un homme sage qui n'abandonna jamais les rêves de son enfance. Et, chaque fois qu'il le désira, il chevaucha son dragon, en traversant la vie, la tête dans les nuages...

à Clément Ader (1841-1925)

Le Dragon lego

Il existe dans l'église d'un petit village du Yorkshire un gisant présentant un chevalier en armure dont les jambes reposent sur un chien. Selon la tradition, ce chevalier, Peter Loschy, était issu d'une lignée de guerriers farouches qui affronta jadis un dragon terrifiant.

Voici son histoire.

Lorsque, supplié par les paysans de la contrée, Peter accepte d'affronter le dragon, la terrible créature a déjà occis de nombreux chevaliers. Balayés par sa puissante queue, leurs corps gisent comme des pantins désarticulés aux abords de sa tanière située près d'une colline boisée.

Quand il arrive au village au milieu d'une haie de supporters enthousiastes, la foule l'acclame, agite des tissus aux couleurs vives et le couvre de brassées de fleurs des champs.

Peter n'est pas homme à s'attendrir. Il met pied à terre et s'enferme sans un mot dans la forge. Aussitôt, la cheminée se met à cracher des gerbes d'étincelles et le tintement clair du marteau résonne sur l'enclume.

Au matin, le battant de la porte s'ouvre à la volée. Le chevalier apparaît. Une rumeur étouffée parcourt la foule des villageois réunis sur la grand-place. Armé de pied en cap, il est couvert d'une armure de bataille étincelante. Il enfourche son destrier et s'en va, suivi par un gros chien jaune aux oreilles tombantes.

Le soleil au zénith écrase la campagne d'une chaleur accablante. Le jeune Peter cuit dans son armure comme un poulet de grain dans une marmite. Il relève la visière de son heaume, et galope sur un chemin bordé de murets aux pierres branlantes.

Soudain, les vrombissements d'insectes et le chant des oiseaux s'interrompent. Peter continue son chemin avec la prudence d'un Sioux. Bientôt, il traverse à gué une petite rivière. Une odeur pestilentielle le fait tressaillir et hoqueter de dégoût. Il met pied à terre et saisit son épée.

Le dragon se tient embusqué dans un bosquet voisin. Avisé par le don de clairvoyance que l'on reconnaît à ceux de sa race, il a devancé le chevalier et l'observe, prêt à bondir.

Alors l'attaque survient. Féroce. Monstrueuse.

La créature jaillit des frondaisons comme un boulet de canon. Elle vomit un potage immonde de glaires visqueuses et malodorantes. Sa queue tranchante fouette l'air en décrivant de longues courbes et dans sa gueule béante, percée d'une rangée de crocs pointus « longs comme les dents d'une fourche », on devine, écarlate, sa langue gorgée de venin.

Peter élève son épée, mouline à tour de bras, transperce la cuirasse d'écailles puis tranche avidement dans le poitrail de la bête. Abasourdi par la fureur de son adversaire, le dragon recule, semble fuir.

Soudain, il détend sa longue queue et enlace sa proie.

Peter est prisonnier. Son armure se tord sous l'étreinte. Boulons et rivets giclent dans les airs. Le métal gémit, se tord, mais ne rompt pas !
Car en homme avisé, durant sa longue veille, dans le secret de la nuit, le chevalier a forgé de fines lames effilées et coupantes comme des rasoirs qu'il a ensuite soudées aux jointures de son armure.

Ainsi, lorsque l'appendice écailleux l'enserre, les lames tranchantes pénètrent profondément ses chairs.

Alors Peter met à profit la stupeur du dragon et décuple la violence de ses coups. Il lui tranche une patte, la gauche, l'extrémité de la queue, puis l'autre patte...

Les membres ensanglantés roulent sur le sol, mais, comme par enchantement, ils se recomposent dans l'instant sur le corps de la créature sans qu'elle perde une seule miette de son énergie et de sa férocité !

Les forces du chevalier commencent à décliner. Suant sang et eau, il repousse les assauts de la bête en furie. Enfin, dans un ultime sursaut, alors qu'il débite la queue du dragon, en rondelles et à grands coups de lame, surgit le gros chien jaune aux oreilles tombantes.

L'animal a senti la détresse de son maître sur le point de succomber. Alors, il happe l'un des morceaux ensanglantés et sans demander son reste court ventre à terre le déposer au sommet d'une colline éloignée de plus d'un mille.

Puis, le chien de revenir, de se saisir à nouveau d'un autre morceau, puis d'un autre, et d'un autre encore...
Peter devine sa victoire prochaine. Il se bat comme un diable, et enfin, tranche la tête immonde du dragon, laquelle tête immonde roule sur l'herbe tendre du chemin avant d'être saisie à pleines dents par l'inusable molosse. Pour cette fois, la dernière, il trottine tête haute et queue battante, en direction de la colline où il la dépose parmi les reliefs épars.

Mais le destin se montre cruel et souvent injuste, car ce faisant, l'aimable animal absorbe, à son insu, le poison contenu dans la langue du dragon.

À son retour, sur le champ de bataille, il bondit en aboyant joyeusement sur le chevalier, et les deux pattes dressées sur sa poitrine, lui lèche affectueusement le visage.

C'est ainsi que le gros chien jaune aux oreilles tombantes transmit le souffle empoisonné du dragon à son maître.

Et l'un et l'autre périrent sur le champ, côte à côte.

D'aucuns affirment que ce n'est pas Peter Loschy qui repose sous le gisant de l'église du petit village du Yorkshire, au prétexte qu'un autre nom serait gravé sur le catafalque…

D'autres encore prétendent que ce n'est pas un gros chien jaune aux oreilles tombantes, mais un lion qui gît à ses pieds, et que donc « toute cette histoire, n'est-ce pas, paraît totalement illogique ? »

– Que tous ceux que la légende de Peter a fait rêver se rassurent, car, la logique, nous dit le poète, est le dernier refuge des gens sans imagination.

– Alors, ce chien jaune ?

Merlin et les dragons

Vortigern était roi des Bretons, pendant les « âges sombres » de l'île de Bretagne[1]. En lutte contre les envahisseurs saxons, il avait ordonné la construction d'un château capable de leur résister.

Mais ce projet semblait frappé d'une étrange malédiction. Une des tours de la forteresse s'écroulait à peine achevée. Maîtres maçons et architectes remirent cent fois sur le métier leur ouvrage, creusant de profondes fondations, renforçant murailles et mortiers. Rien n'y faisait. La tour basculait à nouveau.

Vortigern fit venir un homme des bois dont la réputation de magicien lui était parvenue. Merlin, c'est ainsi qu'on

1. ve siècle ap. J.-C.

l'appelait. Il apparut bientôt. Après avoir longuement observé les lieux, il fit part de son sentiment au roi et à ses conseillers.

La tour était située au-dessus d'une cavité souterraine dans laquelle s'affrontaient deux prodigieux dragons. Aussitôt le roi ordonna que l'on creuse et que l'on déloge ces importuns ! Les paysans alentour se mêlèrent aux ouvriers et tout le monde se mit à la besogne. Bientôt, la voûte de la caverne fut enfoncée. Deux têtes apparurent. L'une blanche comme le lait, l'autre rouge comme le feu. Deux têtes monstrueuses, la gueule écumante et les yeux lançant des éclairs.

La foule qui s'était amassée pour jouir du spectacle se dispersa comme une volée de corneilles quand les deux créatures se hissèrent à la surface. Après avoir posé leurs pattes griffues sur la prairie, elles déplièrent leur long corps écailleux, et sans plus attendre, poursuivirent leur terrible combat. Par delà la mêlée, Merlin, en fin connaisseur, applaudissait aux meilleures séquences de la joute. Soudain, l'un des deux dragons, le rouge, s'écroula, terrassé, sur le champ de bataille. L'autre, le blanc, glissa sans demander son reste dans une faille de la roche et disparut à jamais.

La tour, il va sans dire, put être construite et l'on vit dans cet épisode la prophétie d'une victoire prochaine des Celtes sur les Saxons.

Dragon de terre

Ce sont les dragons les plus familiers des hommes, les deux races ayant en effet de tout temps partagé les mêmes territoires.

Ils présentent tous les archétypes attendus, gardiens de trésors, cracheurs de feu, terrifiants prédateurs... et sont le plus souvent décrits avec quatre pattes, une longue queue bardée de piques et un abdomen couvert d'une carapace d'écailles aux tons bruns. Leur gueule nantie de crocs affûtés est éclairée par deux yeux perçants qui scintillent comme des pierres précieuses.

Ils ont souvent incarné dans la tradition populaire l'image du druide, perpétuant l'antique religion. Leur destruction par des chevaliers ou des religieux est devenue le symbole du triomphe du christianisme sur le paganisme.

Dragon des forêts

Depuis la nuit des temps, les forêts sont considérées par les hommes comme un lieu où vivent les proscrits, les sorciers et les créatures magiques. C'est donc naturellement que les dragons les ont investies en faisant des plus reculées leur refuge le plus sûr. De plus, la présence de gibiers de toutes sortes constitue pour les grands carnassiers qu'ils sont un extraordinaire garde-manger.

C'est dans les profondeurs du monde souterrain qu'ils ont installé leur gîte – mines anciennes, grottes, chaos rocheux ou souterrains de châteaux en ruines –, les exemples ne manquent pas.

Le bon sens et l'observation permettent de localiser leur tanière :

- Une clairière où l'herbe est rase et jaunie malgré la proximité d'une source.

- Un filet de fumée ou une odeur persistante, âcre et soufrée.

- L'absence de chant d'oiseaux et d'allées et venues d'animaux familiers de la forêt.

- L'amas de carcasses et d'ossements de toutes sortes ou éventuellement de cuirasses et de heaumes noircis par le feu.

Les dragons des forêts, même s'ils sont redoutables, n'en restent pas moins des créatures discrètes. Leurs écailles se parant au fil des saisons des teintes et des couleurs des décors qui les environnent, ils sont le plus souvent invisibles.

Le dragon des marais

Le dragon survole la tourbière. Elle s'étale à perte de vue, et bien que le jour décline, ses deux yeux perçants voient dans le lointain la grande étendue verdâtre. C'est le cœur du marais. Un marais sans fond.

Ses ailes sont pesantes, il peine à maintenir son allure, pourtant il faut qu'il se hâte.

Son vol le porte maintenant au-dessus d'une chapelle. Le cœur battant sous sa cuirasse d'écailles, il se rappelle qu'il y avait, à l'endroit même où elle se trouve, une longue table de granit qui s'enfonçait sous la terre comme une caverne. La vallée tout autour était alors une vaste forêt où ceux de sa race chassaient le cerf et l'auroch. Un torrent versait à flots une eau fraîche et transparente.

Un matin d'hiver, un brouillard froid et humide s'est déposé sur la vallée. Une multitude de ruisseaux ont jailli de la roche et roulé des coteaux. L'eau s'est épandue dans les prairies, formant des flaques éparpillées, puis des mares et bientôt une nappe sombre où la végétation n'en finissait plus de croupir. Lentement, le sol a digéré l'herbe et les fourrés puis il a emprisonné les arbres dans le cloaque spongieux. Le temps a fait son œuvre. Dans le bouillonnement des matières pourrissantes, le marais a grandi, comme un monstre se nourrissant de son propre corps.

Puis ce fut le silence.

Un jour, quelques hommes audacieux se sont aventurés dans les marais, bientôt suivis par des tribus entières. Elles se regroupaient les nuits de grand solstice pour honorer les esprits et les divinités du lieu. Des hommes vêtus de blanc dispersaient dans les eaux sombres des monnaies et des parures d'or. Parfois même, ils offraient le sacrifice d'un homme.

Le dragon est devenu, alors, gardien des trésors engloutis, et pour tous ces hommes, il était le maître des portes de l'au-delà.

Le temps a passé. D'autres peuples sont venus. Ils ont planté le long des chemins des croix en pierre. Ils ont chassé les sages vêtus de blanc, et combattu les cracheurs de feu. Aujourd'hui, seuls quelques pâtres, égarés par le brouillard, marchent encore sur les sentiers des Fées...

Les forces du dragon s'amenuisent. Le voyage a été très long. Après avoir dû fuir sa terre, il a longtemps erré dans les confins du monde, chassé par les hommes ou rejeté par les siens. Enfin, il a trouvé dans le creux d'une falaise au bord d'un océan un lieu pour établir son gîte. Sa longue vie de dragon s'y est écoulée paisiblement.

Mais soudain, la bête tressaille. Dans la noirceur, elle voit un à un des feux s'allumer par centaine. Puis elle entend les cris joyeux des follets monter dans la nuit comme des volées d'étincelles, et aussi, dans la lande, les grognements sauvages des hordes de korrigans trépignants. Sur les pentes de la montagne, sous la chapelle, les lueurs pâles des esprits et des fées glissent en cortège. Dans le lointain, les rugissements féroces des chiens noirs se rapprochent en grondant comme un roulement de tonnerre. Cette nuit, c'est Samain, la grande fête des hommes vêtus de blanc, qui ouvre les portes de l'Autre Monde, celui des dieux et des esprits.

C'est cette nuit que le vieux dragon a choisie. Son cœur est apaisé. Il se laisse planer lentement dans l'obscurité puis il se pose à la surface du marais. Là où se trouve le passage. Le tintamarre des bugles, des cornes et des tambours se rapproche, les flammes des torches et des brasiers rougeoient sur l'eau bouillonnante. Il rabat ses longues ailes une dernière fois. Son corps écailleux glisse lentement dans la nuit liquide.

Il rejoint dans les profondeurs
la forêt qui l'a vu naître.

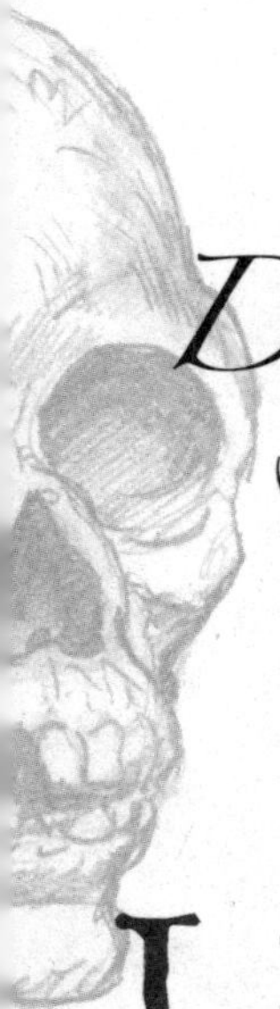

Dragon des ténèbres

Les chroniqueurs du Moyen Âge signalent la présence du dragon des ténèbres lors de la terrible épidémie que l'on appellera « peste noire » ou encore « la mort noire ». Puis, tout au long des grands massacres qui jalonnent l'histoire de l'humanité, il apparaît sous des formes variées, parfois même, humaines. Il semble que la haine et l'intolérance nourrissent plus que toute autre chose cette créature démoniaque dont la survenue est le signe de grands malheurs à venir.

Ces créatures aux écailles de jais, décrites parfois sans ailes, se complaisent près des champs de bataille et des grands charniers. En Allemagne, où on les nomme Lindworm, elles hantent, la nuit, les cimetières et les églises ruinées et se repaissent de la chair des cadavres. D'autres fois, on les a vues près des villages, rôdant autour du bétail.

Dragon des mers

Ces créatures se répartissent principalement en deux catégories, celle des dragons du littoral et celle des dragons de haute mer.

La première concerne les créatures qui vivent dans les zones marines les plus proches de la côte. Leur corps est plus léger et gracile que les dragons terrestres. L'extrémité de leurs pattes postérieures est palmée, même si leurs antérieures restent souvent dotées de griffes puissantes. Quant à la fonction de leurs ailes, elle est double. Elles peuvent être actionnées en de courts mouvements ondulatoires pour la nage ou se déployer largement pour le vol.
Comme la surface de la mer, la couleur de leurs écailles est changeante. Selon la couleur du ciel, elle se décline dans toutes les nuances du bleu et du vert.

Qu'elles soient immergées sur les côtes ou submergées sur les hauts-fonds, les grottes marines constituent leur habitat de prédilection. Les récifs affleurants, qui ont été la cause, au fil des siècles, de naufrages nombreux, sont souvent voisins d'un site d'habitat. Ces grands pilleurs d'épaves satisfont ainsi la fascination qu'ils éprouvent pour l'or et les pierreries. Ils accumulent ces trésors dans les profondeurs de leur antre sous-marin et en deviennent les farouches gardiens.
Les dragons des mers sont de grands prédateurs. Ils se repaissent de bancs de poissons ou de gros mammifères marins même s'ils ne dédaignent pas le bétail qui paît sur les prés littoraux.

Le dragon de haute mer vit dans les grandes solitudes océanes. C'est une créature principalement marine, elle évolue dans les profondeurs abyssales. Parfois dépourvue d'ailes, c'est elle qui est représentée dans les gravures anciennes sous la forme d'un serpent gigantesque.

Au XIIe siècle, le géographe al-Idrîsî signale la présence au large des côtes qui bordent la Bretagne *d'animaux marins vivant dans des profondeurs considérables où l'obscurité règne continuellement… Ils sont d'une grosseur tellement énorme qu'ils ne peuvent être décrits…*

De nature belliqueuse, ils sont craints des marins. De nombreux récits relatent l'attaque de vaisseaux surpris par la bourrasque, lesquels, enserrés dans les anneaux qui broient leur structure, éclatent comme des noix.

Leur forfait accompli, les dragons naufrageurs s'approprient les trésors épandus sur les fonds marins.

On les dit familiers des ouragans, des typhons et autres cyclones tropicaux. Leur présence est supposée tout au long des failles où des éruptions volcaniques sous-marines sont fréquentes.

Comme tous les dragons des mers, leur mode alimentaire est lié à l'environnement marin. Les zones poissonneuses où ils évoluent leur fournissent leur comptant de nourriture.

Ce dragon est la seule créature à ne pas compter l'homme comme prédateur naturel, c'est au poulpe géant qu'il appartient de remplir ce rôle.

Dragon des lacs

Les dragons d'eaux douces s'établissent plus volontiers dans les lacs pour y installer leur repaire. C'est bien la profondeur et non pas l'étendue de la pièce d'eau qui conditionne ce choix. C'est ainsi qu'ils se protègent des hommes et qu'ils dissimulent leurs trésors.

Certains de ces lacs peuvent avoir une ouverture sur l'océan, mais les dragons d'eau douce ne semblent pas empiéter sur le territoire des créatures des eaux salées.

Les îles situées au centre de ces lacs peuvent aussi les abriter. Ils sont alors les gardiens d'un lieu sacré ou d'une puissance magique contenue souvent dans un arbre dont les rameaux constituent pour les hommes une forte attractivité.

Ayant conservé leurs ailes et leur capacité à cracher le feu, ils chassent sur les terres qui environnent leur tanière. Les contacts qu'ils établissent avec les hommes sont nombreux et parfois surprenants.

Un roi d'Irlande à qui les léprechauns[1] avaient offert le pouvoir de respirer sous l'eau rencontra ainsi lors d'une de ses promenades dans un loch un dragon. L'effroi qu'il ressentit fut tel que son visage en conserva la marque et resta horriblement tordu. Durant sept ans, son entourage lui cacha sa laideur, jusqu'au jour où il la découvrit. Il retourna alors sous les eaux du loch et terrassa après deux jours de combat le dragon. Lui-même mourut d'épuisement deux jours plus tard...

D'autres fois, c'est sous la forme d'un serpent qu'il est décrit. Le monstre hideux représenté sous le nom de bête apocalyptique par les enlumineurs, dans les bestiaires du Moyen Âge, est réputé être une des portes de l'enfer.

Enfin, ils sont aussi les gardiens des eaux, et détiennent le pouvoir de faire tomber la pluie. À ce titre, ils ont fait l'objet dans les siècles passés d'une dévotion liée au culte de la fertilité. Leur sang épandu sur les terres présenterait les mêmes dispositions.

---

1. lutins irlandais

Dragon des airs

Les grands dragons des airs sont des créatures d'une envergure extraordinaire qui évoluent dans les plus hautes altitudes. Hormis les aéronefs et quelques aigrettes cendrées, ils en sont les seuls voyageurs.

Ce sont de grands voiliers qui sillonnent la planète, portés par des ailes dont l'amplitude leur permet de dériver au fil des vents.

L'océan dans lequel ils naviguent est formé d'immenses étendues cotonneuses d'où émergent, comme des îles, les sommets des montagnes. Ils y font volontiers étape afin de s'abreuver et de prélever, plus bas sous les nuages, bouquetins et moutons. Ce sont avant tout des chasseurs nomades sans attache et sans territoire.

Quand survient la saison des neiges, ils gagnent une tanière, une grotte le plus souvent, uniquement accessible par la voie des airs et, idéalement, tapissée d'affleurements de pierres multicolores. Ils y reposeront jusqu'au printemps. Certains dragons asiatiques, quant à eux, résident au cœur des gros nuages.

Dragon d'or

C'est le mythe le plus fabuleux que la mémoire des hommes ait porté. En des temps immémoriaux, le dragon d'or était vénéré pour sa grande sagesse à guider l'humanité naissante dans la voie du partage et du respect.
Cette époque fut appelée l'âge d'or.
De nouvelles ambitions détournèrent les hommes de son enseignement et, dans le même temps que la terre sombra dans le chaos, il disparut.
D'anciens récits témoignent qu'une créature au cœur d'or se tient au centre de la Terre, entourée d'un prodigieux trésor.
C'est son souffle, lorsqu'il traverse l'écorce terrestre, qui fait naître les gisements de pierres précieuses et les filons d'or ou d'argent.
Enfin, elle détient toute la connaissance du monde et possède le don de clairvoyance.

Dragon asiatique

Les dragons asiatiques, à la différence des dragons occidentaux, sont des créatures le plus souvent paisibles. En tant qu'esprits protecteurs de la nature, ils font l'objet d'une dévotion et sont intimement liés aux cultes des eaux. L'abord des lacs, les fleuves impétueux ou le fond des océans sont leurs séjours de prédilection.

Ils ont l'aspect longiforme du serpent, et bien qu'ornée d'une barbe ou d'une moustache, leur gueule est effrayante. Rarement pourvus d'ailes, ils peuvent voler malgré tout grâce à leur longue crête.

Selon une tradition, mille ans sont nécessaires pour voir éclore un œuf de dragon. C'est alors un serpent des eaux

qui apparaît. Quand cinq cents années se sont écoulées, sa gueule a pris l'aspect d'une carpe. Durant les cinq cents années suivantes, son corps se couvre d'écailles puis enfin apparaissent une barbe et une moustache, quatre courtes pattes pourvues de griffes et une longue queue. C'est la perle que ces dragons dissimulent dans leur gorge qui est la source de leur pouvoir.

La tarasque

La tarasque est évoquée dès le Moyen Âge par le chroniqueur Jacques de Voragine dans *La Légende dorée*. Il décrit un énorme dragon qui vivait dans une caverne entourée par un bois, à proximité du Rhône.

Le monstre attaquait sans discernement toute créature qui s'approchait du fleuve ou souhaitait le traverser. Même les ânes et les chevaux, souligne la chronique. Quant aux embarcations, il les chavirait sauvagement.

Moitié animal terrestre et moitié poisson, il avait une tête de lion, des dents pointues comme des épées, une crinière de cheval, l'épine dorsale tranchante comme une hache, des écailles hérissées comme des piques, des griffes longues comme celles d'un ours, une queue de vipère et enfin deux boucliers semblables à des carapaces de tortue qui lui protégeaient les flancs.

Des troupes armées tentèrent de déloger la tarasque de nombreuses fois. Mais quand elles parvenaient à la chasser de la forêt, elle se réfugiait alors dans le fleuve. Elle était d'une force telle que douze lions ou encore douze ours n'auraient pu en venir à bout.

D'autres descriptions la présentent comme « un dragon à six pattes courtes comme celles d'un ours, au poitrail puissant comme celui d'un bœuf, recouvert d'une carapace de tortue et doté une longue queue écailleuse portant à son extrémité le dard d'un scorpion. Sa tête est celle d'un lion aux oreilles de cheval et son visage celui d'un vieil homme aux yeux rougis et à l'haleine putride. »

Marthe, sainte femme, renommée pour chasser les démons, fut appelée au secours. Elle surprit le dragon dans les bois alors qu'il était en train de dévorer un homme. Elle l'aspergea d'eau bénite et brandit sa croix. Aussitôt, la tarasque devint douce comme une brebis. Marthe enroula autour du cou écailleux une ceinture et mena le dragon devant le peuple, qui le lapida et le transperça à coups de lances...

Le basilic

Le basilic est une créature mi-coq, mi-reptile, dont la tête est surmontée d'une forte crête et le corps couvert de taches blanches. Il naît pendant les mois les plus chauds de l'été d'un œuf pondu par un coq sur un tas de fumier puis couvé par un crapaud.

C'est un tueur impitoyable qui assassine par son regard ou par son haleine toute personne qui n'aurait pas posé les yeux sur lui en premier.

Il faut pour le déjouer se munir d'un miroir, le tendre dans sa direction afin que son regard s'y pose. Le reflet des yeux assassins se retourne alors contre la bête, qui trépasse sur-le-champ.

Un pauvre pêcheur, qui avait été condamné à mort, fut un jour désigné pour débusquer au fond d'une cave, une créature que l'on soupçonnait d'être un basilic. On le revêtit d'une tunique en cuir sur laquelle était fixée une multitude de petits miroirs et ses yeux furent protégés par des lunettes munies de verres épais.

Une bougie dans une main, une pince dans l'autre, il descendit par un escalier voûté. Après avoir fureté pendant un long moment, il découvrit enfin une étrange créature ressemblant à un coq. Elle était nichée dans le trou d'un mur.

À peine la bête vit-elle son image se refléter dans les miroirs qu'elle succomba. L'homme la saisit à l'aide des pinces et la remonta avec précaution au plein jour.

On identifia immédiatement un basilic. Il avait bel et bien une tête de coq, mais ses yeux étaient ceux d'un crapaud. Son corps et ses ailes étaient colorés de taches jaunes, bleues, rouges et vertes. Ses longs pieds jaunes étaient ceux d'un poulet, et sa queue incurvée ressemblait à celle d'un serpent.

Un noble italien, quant à lui, n'eut pas cette chance puisqu'il fut tué par un basilic pendant une partie de chasse. Son chien aboyait devant un tas de pierres depuis un long moment lorsque son maître voulut savoir ce qui l'effrayait. Il découvrit alors un serpent ailé. Quand il voulut le tuer, le serpent déploya ses ailes et lui projeta un souffle empoisonné au visage. Il vécut juste assez longtemps pour raconter à ses compagnons ce qui venait de lui arriver.

Seules les belettes ou leur simple odeur semblent susceptibles de chasser les basilics. Selon certains récits, le chant du coq aurait les mêmes vertus.

Une ancienne croyance assure que l'argent frotté avec les cendres d'un basilic lui permettrait de se changer en or.

La vouivre porte sur le front une escarbouche rouge comme le rubis.

La vouivre

La vouivre est une créature mythique originaire de Franche-Comté. Son corps de serpent est doté d'ailes de chauve-souris qui lui permettent de voler. Sa dimension est variable, mais différents récits décrivent un animal pouvant mesurer plusieurs mètres de long. Elle porte sur le front une pierre précieuse rouge comme le rubis. Autrement appelée escarboucle, cette pierre est d'une valeur inestimable.

D'une nature pacifique, la vouivre vit le plus souvent à l'abri d'une tanière souterraine dans des grottes ou les ruines d'un château. On peut aussi la voir folâtrer aux abords des rivières ou encore des étangs. Elle s'y abreuve et aime s'y baigner en ayant pris soin de poser sur la berge son escarboucle.

De nombreux récits rapportent que c'est à ce moment que des misérables tentent de s'approprier sa pierre précieuse. Leur forfait accompli, il leur faut s'esquiver au plus vite, car elle les poursuivra sans relâche, avant de fondre sur eux et de les malmener cruellement.

Ont-ils réussi à lui échapper et à négocier le rubis étincelant ? Ils mourront prochainement ou verront leur précieux butin se transformer en feuilles mortes ou en crottin de cheval...

Lorsqu'elles volent dans la nuit, leurs escarboucles étincellent en longues traînées rougeoyantes.

L'hydre

L'hydre était une créature des eaux qui hantait les marais profonds de la région de Lerne à proximité d'Argos, en Grèce. Sa tanière se trouvait en dessous d'un platane dans un bois sacré, à la naissance d'une source.

On l'a souvent dépeinte sous la forme d'un énorme serpent parfois pourvu d'un corps de chien. Elle était dotée de plusieurs têtes dont l'une était immortelle et les autres capables de repousser en se dédoublant lorsqu'on les coupait. C'est pourquoi, bien que l'on s'accorde aujourd'hui à lui en reconnaître cinq ou sept, en d'autres temps, Diodore avançait le chiffre d'une centaine, et Euménide, celui de cinquante. Les habitants de la région vivaient dans la terreur, car elle décimait leur bétail en soufflant un poison mortel.

Aussi Hercule fut-il chargé de combattre l'hydre. Lors de l'affrontement, le guerrier, conseillé par la déesse Athèna, débusqua le monstre en décochant dans les roseaux des flèches enflammées. Puis, lorsqu'il lui fit face, retenant sa respiration, il voulut s'en saisir.

Mais l'hydre l'enroula dans ses anneaux, obligeant le héros à couper des têtes pour se dégager, lesquelles, comme attendu, se multipliaient. Lorsqu'un crabe géant l'attaqua et enserra son pied entre ses pinces, Hercule, aux abois, fit appel à Iolaos, son neveu. Ce dernier enflamma un bois voisin, puis brûla les plaies de l'hydre à l'aide d'un fer chauffé à blanc. Les têtes cessèrent alors de se multiplier. Hercule, après avoir écrasé le crabe, poursuivit son ouvrage jusqu'à trancher la dernière des têtes, dont une partie était en or et qui, immortelle, bien que gisant à terre, continuait de siffler et de cracher son venin. Il la saisit enfin, puis l'enterra vivante sous un amoncellement de rochers au bord du chemin.

L'hydre a plusieurs têtes qui se dédoublent si on les coupe..

La pierre du dragon

Cette pierre, autrement appelée dracontite (*draconitis*) est une escarboucle qui se trouve dans la tête des dragons. Pline l'Ancien, dans son *Histoire naturelle,* rapporte qu'elle est dotée d'une puissante magie, mais qu'il est nécessaire de l'extraire du crâne d'un dragon vivant, afin qu'elle conserve toutes ses vertus. Aussi, Sotacus, préconisait-il aux intrépides avides d'émotions de monter un char mené par un solide équipage afin de surprendre la créature, puis de l'endormir en épandant des drogues assoupissantes. La pierre précieuse pouvait alors être extraite durant son sommeil. Blanche et transparente, elle ne supportait ni taille ni polissage.

La vouivre porte l'escarboucle sur le front alors qu'un antique dragon du Caucase recèle, quant à lui, une pierre précieuse dans le fond de la bouche.

Les chroniques du canton de Lucerne, en Suisse, relatent la mésaventure survenue à l'un de ses confédérés, le paysan Stempflin, qui tout à sa moisson au cœur du bel été de l'an de grâce 1421 vit soudainement s'écraser à ses pieds un énorme dragon. Stupéfait, il en perdit connaissance. Lorsqu'il reprit conscience, la créature s'était envolée et tout autour du brave helvète s'étendait une grande flaque de sang séché. Au milieu gisait une escarboucle rutilante.

La chronique rapporte que les effets bienfaisants de cette dernière furent officiellement confirmés, sans toutefois mentionner leur nature... En effet, on prête à cette pierre magique d'innombrables vertus qui le plus souvent sont celles que l'on accorde au dragon lui-même. Son détenteur peut ainsi lire dans le cœur des hommes, comprendre le langage des animaux, guérir les empoisonnements ou encore se voir doter d'un courage exceptionnel.

Enfin, la dracontite, à la condition d'être attachée au bras gauche, est l'assurance pour les guerriers de triompher des ennemis les plus aguerris.

Gardien de trésors

Dès la plus haute Antiquité, les dragons sont présentés comme les gardiens des lieux sacrés et des fabuleux trésors. Ainsi, Ladon, chargé par Héra de garder les pommes d'or du jardin des Hespérides, ou bien encore, dans la tradition nordique, Fafnir, le gardien de l'or du Rhin, lequel à l'origine était un nain cruel qui, après s'être emparé d'un trésor maudit, se transforma en dragon pour mieux veiller sur lui.

Ces trésors d'or, de pierres précieuses ou d'armes magiques sont le plus souvent accumulés au plus profond d'une grotte par le dragon à force de rapines. D'autres fois il s'approprie les richesses offertes à un roi ou à un grand guerrier, en faisant du cairn où il repose, sa propre tanière.

En Europe du Nord, on montre des cavernes où l'on peut entendre les cliquetis des grosses portes de fer que les dragons tirent derrière eux pour protéger leur richesse.

Cuélebre, le fameux cracheur de feu des Asturies, peut sommeiller durant plusieurs siècles dans des grottes, entouré de ses trésors. Il ne fait usage de ses ailes que lorsqu'il est très vieux...

La présence de dragons dans certains massifs montagneux serait associée aux filons d'or ou aux gisements de pierres précieuses qui sommeillent en leur cœur.

Des dragons et des hommes

Protégés par les dieux ou vénérés par les hommes, les dragons sont pendant l'Antiquité les gardiens des lieux sacrés. Au fil du temps, les rapports évoluent, les uns et les autres semblant animés d'un même dessein, : posséder ou imposer. S'ensuivent alors les épisodes nombreux de combats féroces opposant religieux, guerriers ou chevaliers aux monstres cracheurs de feu, l'issue étant fatale à l'un des belligérants et parfois même aux deux ! Toutefois, dans de nombreux récits, les dragons, bien qu'inspirant la terreur, partagent harmonieusement le quotidien des hommes, en échange parfois, il est vrai, de quelques tributs d'or ou de vies humaines.

Pline, le premier, relate un épisode où un garçon d'Arcadie, nommé Thoas, ayant recueilli un jeune dragon, l'éleva très tendrement. La créature grandit jusqu'à atteindre une dimension extraordinaire. Aussi le père de Thoas, effrayé par la taille et la nature de la bête, la mena dans le désert et l'abandonna. À quelque temps de là, Thoas fut attaqué par une bande de pillards alors qu'il parcourait ce même désert. Ses cris et ses appels parvinrent jusqu'aux oreilles du dragon qui reconnut la voix et toutes ailes déployées vola a son secours.

Les dragons de la légendaire ville d'Ys, décrits comme de véritables coursiers des mers, parcouraient les océans guidés par un écuyer. Armés pour combattre ou chargés d'épices et d'étoffes précieuses, ils contribuèrent à l'essor et à l'enrichissement de la cité. Ils étaient abrités dans de grandes écuries dont les palefreniers étaient des nains.

Enfin, la relation charnelle qui unit un dragon sacré à Halia, fille de Sybaris, alors qu'elle errait dans un bois consacré à la déesse Diane, serait à l'origine du peuple des Ophiogenes. Dans les livres de géographie ancienne, ce peuple est décrit comme une *race particulière d'hommes dans l'Asie Mineure, qui passoient pour avoir la propriété d'être craints des serpens, d'en soulager les piqûres, et d'en chasser le venin des corps.*

Voyageurs des mers

C'étaient eux (les korrigans) qui soignaient les écuries de Dahut, pavées de marbre noir, rouge ou blanc, selon la couleur des chevaux, et qui entretenaient le

port où l'on nourrissait les dragons marins ; car Dahut avait soumis par son art les monstres de la Mer et en avait donné un à chaque habitant de Keris, qui s'en servait comme d'un coursier pour aller chercher au-delà des flots les marchandises rares ou pour atteindre les vaisseaux ennemis.

« Récit du vieux pêcheur – Keris »
Le Foyer Breton, Contes et Récits populaires
Émile Souvestre

Le dragon de feu

Constitué comme le soleil, de feu et d'hydrogène, il se consume et se régénère tel le phénix des légendes. Cette créature mythique, créatrice de la vie autant qu'elle en est destructrice, a pour royaume les grands océans magmatiques qui emplissent le cœur de la terre. Il semble toutefois que son origine soit céleste. Les météorites qui pénètrent la surface de la Terre en porteraient les germes.

Le dragon de feu apparaît dans les fumeroles des éruptions volcaniques. Son souffle soufré est toxique. Tarissant les sources et incendiant les récoltes, il est à l'origine des grandes famines.

De nombreux récits de l'an mil racontent comment une grosse pierre tomba du ciel et provoqua des prodiges « d'une horreur indescriptible » ; ils soulignent, que dans le même temps, une tête de dragon était apparue dans les nues.

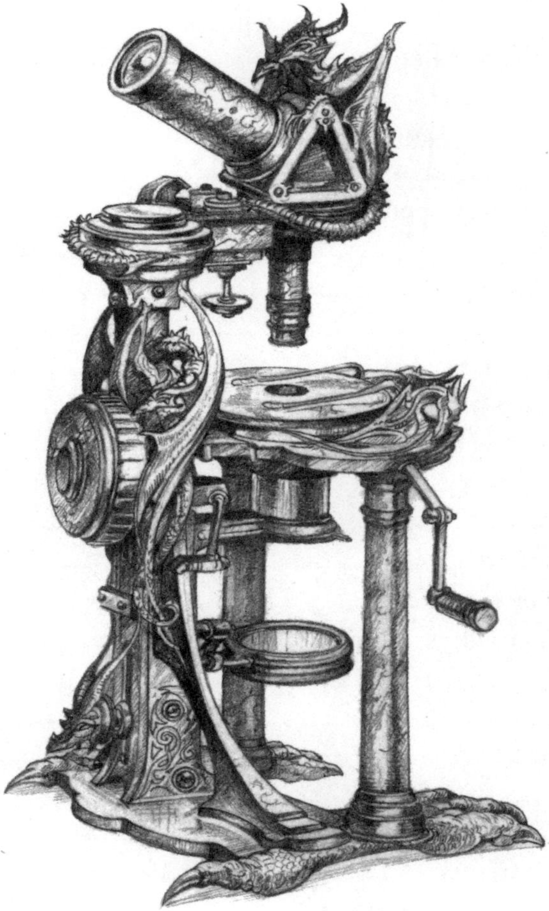

Table des matières

Patrick Jézéquel

C'est peut-être, pendant ses longs étés, de « petit parisien en vacances », traînant ses baskets, dans les landes et sur les vieux chemins de Bretagne, que Patrick Jézéquel a conçu le goût des histoires. Des histoires de celles où le rêve et le merveilleux ne dépendent que d'une ficelle, d'une branche de noisetier et d'un fidèle Mirza à ses côtés. Plus tard encore, quelques chagrins, des carnets noircis de textes inachevés, quelques poètes, des romanciers...Rien que de très banal en somme... Et si aujourd'hui, il court encore sur les chemins de cette enfance rêvée, à la poursuite de dragons et de chimères, c'est pour finir toutes ces belles histoires, qu'un jour il a commencées.

Séverine Pineaux

Artiste-peintre et illustratrice vivant dans la forêt de Brocéliande, Séverine Pineaux dessine des mondes fantastiques, nourris de légendes et de contes, puisés dans la culture celtique. À l'aquarelle ou à l'huile, elle peint des visions poétiques où la nature est omniprésente. Le thème des hommes–arbres et celui des animaux fabuleux traversent en permanence son travail. En 2011, elle publie « Gothic Faërie», mêlant des éléments steampunk à la féerie végétale. Son travail sur les chats enchantés apporte une touche d'humour tendre à cet univers fantastique. Récompensée par de nombreux prix, Séverine figure dans le répertoire américain d'artistes du fantastique, elle expose régulièrement en France et en Angleterre, Belgique, USA, Russie, Danemark ...

Dans la même collection

Féeries et Légendes de Bretagne (X. Hussön)

Féeries et Légendes de Brocéliande (X. Hussön)

Féeries et Légendes des Dragons (P. Jézéquel et S. Pineau)

Féeries et Légendes des Dames de Brocéliande (S. Gestin)

mail@au-bord-des-continents.com
www.au-bord-des-continents.com

Cet ouvrage a été composé à partir des textes de
Merveilles et Légendes des Dragons
de P. Jézéquel et S. Pineaux.

www.pineaux.com

ISBN : 978-2-37051-033-4
Dépôt légal : Juin 2017 – Imprimé en Union européenne